别给人生留遗憾

毕淑敏 — 著

中国青年出版社

目 录

第三辑　生命每走一步都有回声

有很多东西，当你不懂的时候，你还年轻；当你懂了以后，你已年老。你只需要努力，剩下的交给时光。

第四辑　活成自己喜欢的样子

在苹果的最深处，藏着一个星星一般的核，所有的果肉都围绕着这颗星星成长。幸福也大抵如此，当你围绕着一个目标奋斗的时候，你才会感受到幸福。

第一辑

在月光铺成
的道路尽头

你曾经是否凝望过大海，
凝望过广袤的山峰，
在地平线上延展的喜马拉雅山脉，
你曾经是否运用你的所有感官，
凝望过一朵花？

旅行使我们谦虚

由于工作的关系，常常旅行。旅行比居家的时候辛苦，这是不消说的。中国有句古话——在家千日好，出门一时难，说的就是这份不易。但时间长了，待在家里，筋骨锈了，就会生出一份隐隐的焦灼，迫不及待地想到外面走走去。

是什么诱惑着我们放弃安宁和舒适，离开温暖的家，在某一个清晨或是深夜，毅然到遥远的他乡去了呢？

当然，很多时候，是为了谋生，为了无法推卸的责任和理由。但是，随着温饱的解决，我们越来越多自觉自愿地选择了——人在旅途。

一次，我应邀到国外访问。在规定的活动完结之后，主人很热情地让我挑选一个完全自由的项目，以便我可以更深入地了解这个国家。我想了想，提笔写下了：乘坐火车或是长途汽车，在大地上旅行。主人看了看那张纸说，好，我们很乐意满足您的要求。只是，您的目的地是哪里呢？您究竟要到哪里去呢？

我说，没有目的地，不到哪里去。坐着车在土地上行走，就是目的，就是一切了。

我固执地认为，要真正认识一个国家，一个民族，一块土地，一

处山水，你必得独自漫游。

旅行使我们谦虚。飞驰的速度，变换的风景，奇异的遭遇，萍逢的客人……这一切旅途中可能发生的事件，强烈地超出了我们已知的范畴，以一种陌生和挑战的姿态，敦促我们警醒，唤起我们好奇。在我们被琐碎磨损的生命里，张扬起绿色的旗帜。在我们被刻板疲惫的生活中，注入新鲜的活力。

久久的蜗居，易使我们的视野狭小，胸怀仄斜，肌力减弱，肺廓扁平……这个时候，收拾好行囊，告辞了亲人，踏上旅途吧。

珍惜旅途吧。火车上那些不眠的夜晚，凭窗而立，看铁轨旁一盏盏路灯，闪着紫蓝色的光芒，瞬忽而逝，许多记忆幽灵般地复活了。

人们常常在旅途中，猛地想起湮灭许久的往事，忆起许多故人的音容笑貌——好像旅行是一种溶剂，融化了尘封的盖子，如烟的温情就升腾出来了。

人们常常在旅途中，向相识才几个小时的旅伴倾诉衷肠，彼此那样深刻地走入了对方的精神架构。我甚至知道几位青年，竟这样找到了自己的终身伴侣。

有人把这些解释为——旅途使人们亲近，是因为没有利害关系。我不同意这个观点。正是因为同乘一列车，同渡一条船，才使我们如此亲密。旅行使人性中温暖的那些因子，弥散开来。

旅途也有困厄和风雨，艰难和险恶。但是，这不会阻止真正的旅行者的脚步。旅行正是以一种充满未知的魅力，激起人们不倦的向往。

陇西行

　　陇是甘肃的简称。夏天，我从兰州出发，沿古丝路西行一千一百公里，抵达敦煌。电视里曾疯狂地普及过丝路和敦煌的知识，我窝在城市里，以为自己已无所不知。真到陇西一走，才发现再大的电视屏幕也代替不了我们的眼睛，更不消说每个人的心灵都是特定的频道。别太相信那块二十英寸的玻璃板，它在扩大我们视野的同时，扼杀我们的想象。

　　那么多人写过丝路，写过敦煌，好像一个插满针的针插，已无从下手。西行的时候，我已决定什么都不写，让心灵毫无负载地飘向蓝得令人眼晕的天空。回来后，忙忙碌碌地做别的事，我以为已彻底地遗忘了敦煌。突然有一天，我发现自己常常爱同别人讲敦煌，讲那些属于我自己的记忆和感觉，朋友们会津津有味地听，好像他们从未看过那些介绍丝路的风光片和旅游指南。我检查记忆之壁，看到当时思维留下的痕迹，有的已被抚平，有的仍像甲骨文痕，虽然浅淡，却难以消失。

　　我写的绝不是一篇系统的丝路游记，只是时间之筛无意中留给我的大点的石头子儿。

白兰瓜

听说我要西行，所有的朋友第一个反应都是："你可以吃到白兰瓜了！"

北京的街头也常见到白兰瓜，并不白，像个磕碰过的篮球；也不甜，带有青草的气息。不过这并不影响我对白兰瓜的仰慕希冀之情。城市是个坏地方，能让所有带有乡土气息的东西走味儿。

兰州果真是白兰瓜的大本营，十步之内，必有瓜阵。白的如同一张张女儿面，黄的像金牌一样灿烂。据说黄色的白兰瓜叫"黄河蜜"，是个改良品种。我们馋馋地想：黄出于白而胜于白，想必更甜。

西北人出手大方，刚住下就给每人发三个白兰瓜。堆在一处，俨然一座瓜山。

"先杀哪一个？"大家摩拳擦掌。

"一样宰一个吧！"

刀锋倾斜着刺入，浓郁的香气沿着刀柄湍湍流出，光凭味道就知道同北京的赝品不同。每人抢一块，吞进嘴里，像喝粥似的往下咽。

向导笑眯眯地看看大家的贪婪，很为家乡的特产自豪。西北方言形容这种吃的局面，叫"吃了一个不言传"！

终于有人言传了："闹了半天，白兰瓜也不过如此嘛！"

"比黄瓜也强不到哪儿去！真是空有其名！"更多的人附和。

向导的脸色难看了，忙解释："今年雨水多……"

平心而论，白兰瓜真是盛名之下，其实难副。闻着还可以，尝尝却不甜。

白兰瓜原籍美国，1949年，美国土壤学家和水土保持专家罗德民趁美国副总统访问兰州的机会，托他把"蜜露"甜瓜种，带到中国。蜜露移居中国后，改名"白兰"，现在已成为甘肃特产。

一路西行，哪里都要款待白兰瓜。刚开始还总想给白兰瓜恢复名誉的机会，心想兰州的瓜不甜，别处的可能甜。然而总是失望，哪儿的白兰瓜都不甜。以后，就连尝的兴趣也没有了，除非渴极了，拿它顶水喝。

辜负了我信任与渴望的白兰瓜啊！

"到嘉峪关就有好瓜吃了，那儿正在举办瓜节。"向导为大家打气，他总想给家乡的瓜正名。

只知道嘉峪关是长城的一端，不知道它还是瓜的盛市。西北各省市的瓜，像陨石雨似的降落在小城，满载的瓜车还在源源不断地涌入。前面一个急转弯，几个硕大的甜瓜被车甩了下来，摔碎的瓜把香气像手榴弹的烟雾似的塞满街道。真担心这么多瓜，吃不完可怎么办！

瓜节隆重开幕了。白兰瓜形状的氢气球飘浮在碧蓝的天空，远处是银箔似的祁连雪峰。孩子们头上戴着白兰瓜形的帽子，街上的社火队打扮成瓜的模样……真是一个瓜的世界。

张老作为瓜节贵宾，被邀上主席台。美丽的迎宾小姐，敬上一个扎着红缎带的白兰瓜。好像瓜也有精灵，像东北的人参娃娃似的，不系住就会跑掉。散会后，我赶忙跳进张老的房间，想先尝为快。别处的瓜不甜，瓜节上的瓜王还能不甜吗？没想到张老摊着两手说："忘了把瓜带回来了！"

唉！于是想美丽的迎宾小姐也许会把瓜送来。痴等了许久，才想

人孩并不知道瓜是谁丢的，况且这里的瓜极多，人们并不会格外珍重这个瓜的。

没有吃到瓜王，其他的瓜也仍旧不甜。向导为了给白兰瓜平反，一个一个地杀，狼藉一片。我们忙说："挺甜，这个就不错，别杀了。"他拈起一块尝尝说："怎么瓜节上的瓜也不甜？不要紧，到了安西，就能吃到好瓜了。"

过安西时，正是午后沙漠上最热最寂寞的时光。黑蓝色的柏油路蛇蜕似的蜿蜒着，天空中弥漫着看不见却无处不在的尘埃，仿佛一杯混浊的溶液。太阳在空中发出幽蓝色的光，却丝毫不减其炙烤大地的威力。铁壳面包车成了真正的面包炉。我们关上车窗，是令人窒息的闷热，打开车窗，火焰般的漠风旋涡般地卷来。口唇皲裂，眼球粗糙地在眼眶里转动，全身像烤鱼片似的干燥无力。

突然，在大漠与公路相切的边缘，出现了一个木乃伊似的老人。地上铺一块羊皮，上面孤零零地垛着一小堆瓜。他出现得那样突兀，完全没有从小黑点到人形轮廓这样一个显示过程，仿佛被一只巨手眨眼间贴到苍黄的背景上。也许是因为他同大漠的色泽太一致了。

司机停下车说："就买他的瓜吧！"

"瓜甜吗？"我们习惯地问。卖瓜的人没有说瓜不甜的，但老人慢慢吞吞地回答："这里是安西呀！"

安西的瓜就一定甜吗？安西就是白兰瓜的免检合格证吗？国优部优产品还尽假的呢，世界上徒有虚名的事太多了！

因为别无选择，我们买了老汉的瓜。记得狠狠杀了杀价，老人树根一样的脸上没有表情，算是同意了。极便宜的价钱。

车上地方窄，又颠簸。到了远离安西的地方，我们才停车吃瓜。

安西的白兰瓜外观上毫无特色，第一口抿到嘴里，竟然是咸的！

过了片刻，才分辨出那其实不是咸，而是一种剧烈的甜。

甜到极处便是蜇人的痛，嘴角、舌尖都甜得麻酥酥，仿佛被胶粘住了。抓过瓜缘的手指，仿佛指间长出青蛙一样的蹼，撕扯不开。手背上瓜汁淌过的地方，留下一道透明的痕迹，仿佛一只流涎的蜗牛爬过，舔一舔，又是那种蜂蜇般的甜。

真不知如此苦旱贫瘠的安西，怎么孕育出如此甘甜多汁的白兰瓜。

安西古称瓜州。总觉得古代人很会起地名，比如武威，原来叫凉州，透着荒远僻地的苍凉。张掖叫作甘州，有一种安宁平和的感觉。安西地处荒沙，日照极强，非常适宜种瓜，自古以来，以瓜闻名天下，故称瓜州。

美国的良种甜瓜"蜜露"移民到了中国，在安西扎下根来，比在老家长得还要好，白兰瓜的盛名，其实是靠瓜州的瓜打的天下。

也许，白兰瓜要正名为"安西瓜"才更符合历史的真实。

我也想过是否因为那天的极度干渴，才使这沙漠之中的瓜显得格外甘甜？后来遇到过几次同样的情形，才知道唯有安西的瓜无与伦比。

想想这瓜，很有感触。它原本来自大洋彼岸，却在这块古老贫瘠的土地上繁衍得如此昌盛。它入乡随俗，褪去了娇滴滴的洋名字，也不计较人们以讹传讹地称它白兰瓜，寂寞然而顽强地在沙漠之中生长着，以自己甘饴如蜜的汁液，濡润着焦渴的旅人。

啊！瓜州的瓜啊！什么叫特产，什么叫真谛，它只限于窄小的区域。好比一块石子丢入湖中，涟漪可以扩散得很远，但要找到石子，必须潜入那最初的所在。

蓝色太阳下的沙漠老人，教我这道理。

鸠杖·独角兽·千金不传方

何谓鸠杖？从字面上难以想象。其实就是一端刻着斑鸠的木杖。

那斑鸠像一只鸽子大小，利用木质的自然纹理，勾勒出羽毛一样的细密层次，显得肥硕。口微微张着，博物馆的讲解员说，当初那里是含着一粒玉雕的谷米，因为年代久远，已经遗失。

鸠杖是汉时宫廷颁发给老人的拐杖。

《后汉书·礼仪志》里记载：每年八月，朝廷按户查选，凡年满七十岁者，授予鸠杖。年满八十、九十者，还发给一尺长的玉制鸠杖。汉宣帝还规定：授杖的老人，可以随便出入官府，可以在供皇帝专行的道路上行走，在市场上做买卖可以不收税，触犯刑律，如果不是首要分子，可以免诉。

真不知道历史上还有这样一个尊老的朝代。

只是，为什么要在杖上雕一只斑鸠呢？

史书上也有记载："鸠者，不噎之鸟也。欲老人不噎。"

真是我们这个"民以食为天"国度的思维逻辑。只要能吃，就象征长寿。我不知鸠的食道是否特殊，可以永远通畅，但欲要高寿，第一条强调的是"不噎"，我想：汉代一定是"噎食病"——也就是我们今日所说的食道癌高发的时期，或皇帝的亲人中有死于此疾者，故刻骨铭心地希望天下老人不噎。不管怎么说，斑鸠是用心良苦的吉祥物。

受鸠杖的人还有相当于六百石的俸米，类似今日离休的县团级了。在一处小型土洞葬里，出土了一根鸠杖，死者是一位老翁，单棺薄葬，只有几件陶木器。可以想象他生前是一个孤寡的平民，因年高受赐鸠杖，才有了唯一的生活来源。死后，他把它当作勋章带入墓穴。

西北多旱，千百年前的木头挖出来，不朽不糟，像新劈出的柴禾，木纹明晰。

木雕独角兽，颇有非洲土著的韵味。一是简洁到近乎模糊，只有一个大概的轮廓，仿佛一团未经细镂的泥巴，却饱含灵动的立体感和勃勃生气。二是独角兽很像犀牛。

全身努劲，腰部弓弹，尾直立似虎，头低拱如豹，大步流星，仿佛正待迎接一场决斗，充满锐不可当的英勇。它既不像牛，也不像熊，是一匹人造的怪兽。但又不像同是人造动物的麒麟和凤凰，富贵而吉祥，它是狞厉而迅猛的。据说这就是我们传说中的"年"，所谓"过年"，就是为了要躲避它的伤害。

但讲解员另有一番解释：独角兽是公正之神。若有了断不清的案子，就把独角兽请出来，它的独犄角抵向谁，谁就是罪人。像西方的天平，独角兽是古代司法公正的象征。

看着像拓荒牛一样奋蹄掘进的独角兽，觉得它任重而道远。这世上有多少扑朔迷离的案件，有多少道貌岸然的罪人。人们自己断不清，便用木头锯出这样一种实际并不存在的兽类，在寄托一种美好愿望的同时，也表达着思索的困惑和意志的迷失。

又疑到"过年"原来是恶人们的发明。躲过了独角兽，便可以依旧故我，所以过年时便喜气洋洋。

"年"原来是恶人们的节日。

在纸还没有问世之前，人们记事，把文字写在大约一寸宽、一尺

来长的薄木板或薄竹板上，用绳子按顺序串联起来，称为"木简"或"竹简"。

在祁连山下出土了一批汉代"医药简"，曾经做过医生的我，对此自然极感兴趣，瞻仰时的心情仿佛见到一位活了两千岁的医生。

药简是松木剖制，毛笔字墨迹灿然，仿佛主人刚刚撤笔人寰，一简大约有几十个字，抄录得很工整。于是心中愈生崇敬，好像两千年前的药方，也有使人活两千年的效力似的。

仔细端详后，深切地失望了。简上不过是些普通的病名、病状、制药方法，还有几十个方剂，平平淡淡，绝无长生不老的秘诀，不禁暗笑自己的天真迂腐。待看到最后，对这位两千年前的古人，竟强烈地不满起来。在那些不过是甘草、绿豆配起的药方之后，写着"诸种药物煎汤，每早空腹服"，再之后，写着"此乃千金不传之方"。

每一方剂之后均如是"千金不传"。

医药原是救人的，生命是世界上最宝贵的，千金难买。所以，有胆识有气派的唐代医学家孙思邈，才将他的医著命名为《千金要方》、《千金翼方》，共收进方剂七千余个。

孙思邈是汪洋浩渺的大海，而这祁连山下的古人，则不过一汪浅水。他守着千金不传方，还是倒毙在苍莽黄沙之中，孙思邈则成为千古医圣。

博物馆服务部里，有仿制的医药简出卖，惟妙惟肖，足可乱真。几位衣冠楚楚的日本人在挑选。假如是我的国人，真想对他们说：不要买。无论是从医学还是从社会学的角度看，这药简都不足取，只单单剩下一个古老。因是仿制品，便连古老也不存在了，一无是处。想到这普遍的松木，可以赚外汇，终于什么也没有说。

沙漠公园

"明天，我们到武威沙漠公园去。小徐，你不是一直嚷嚷要游泳吗？带上你的游泳衣。"向导说。

小徐从北京出发，果真带了游泳衣。但偌大一个兰州城，竟没有一处游泳的地方。往西走，一片瀚海，游泳衣成了我们取笑她的口实。没想到在腾格里沙漠、巴丹吉林沙漠包绕的武威，竟然可以——游泳！

乘车沿武威城东南走四十里，一片绿色漫浸而来。这绿不是江南

那种晶莹软滑的糯绿，而是艰涩粗糙苍老的劲绿，仿佛在绿色之上镀了一层金属的粉末。

沙漠公园最瑰丽的景色是树。杨树、柳树、榆树、槐树、椿树等共有一百多万棵，还有梭梭、红柳、花棒等沙生植物五百多万株。

单是有树，只能叫林带。虽然这些树在荒凉的大漠背景下，显示出生命的悲壮与倔强。

于是，人们便在粗粝中糅进了人造的玲珑，有了桃花亭、鸳鸯亭等模仿江南秀色的楼台，有了跑马、滑沙、赛驼的游戏。

在游览过苏杭美丽清新的园林之后，突然在原始洪荒的沙丘背后，看到一个红男绿女般鲜艳的小亭子，觉得不协调，有股东施效颦的味道。

我悄悄把这想法对一位来自水乡的同伴讲了，并不是想讨好他的故乡。我以为大漠之上，应有铁马金戈、碧血黄沙，这才是借造化之功，浑然天成。不想他却说："这些亭台若在江南，自然是算不得什么，但这里是大漠。有了这些景致，便使那些永远去不了苏杭的人，也领略一回不同的风光。用心也很良苦。"

我无语。有时要求正宗，有时也需仿制，世上有许多规则，都有各自道理。

游泳池其实是一座小型人工湖，水泥砌成曲曲折折的湖岸，还有几簇柳丝。在干燥得冒火的沙原上，突然看到一池真正的碧水，真是惊喜交加。大家齐声问："这水是从哪儿来的？"

"抽的地下水。再往远里讲，是祁连山的雪水渗过来的。"公园的管理人员笑眯眯地告诉我们。由于蒸发量极大，需要不停地注水。

"但渗漏怎么办呢？"记得小时见过干涸的游泳池底，布满甲骨

文一样的裂隙，每年都要修补。这沙漠中的池塘，漏起来像个筛子，有多少水也供不上的。

"我们先挖了这个大坑。底下都是沙，糊上水泥也禁不住漏的。用车从远处拉来胶泥，胶泥你们都知道吧？"主人问。

"知道的。"小时我用胶泥捏个小碗，"叭"地摔在地上，胶泥的密闭性极好，空气逸不出去，小碗就像玉米开花似的炸裂了。

"把胶泥卸在池底铺开，再吆喝来一群牛马骆驼，让它们在泥巴上踩。踩实了，再铺上水泥，这池子就不怕漏了。"

原来是这样！这骆驼蹄子上的游泳池，这大漠上来之不易的清波！

看到一个游人笨拙地在水中嬉闹，撩起一簇簇水花，这是一位牧民。我感觉到了江南同伴的宽容和智慧。他设身处地珍惜这粗糙的楼台和简陋的水。并非每一个居民都有机会游览江南，永远停留在大漠的人，也渴望那清凉涓透的世界。而我是太狭隘了。

小徐终于没有游泳。她俯下身去，用两个手指探进水里，说"太凉"。

毕竟是祁连山积雪融化的水啊！

高台兄弟冢

高台是河西走廊中部的一个小县。匆匆经过高台，唯一的安排是，瞻仰高台烈士陵园。

烈士陵园也许是最统一规范的建筑，都有队列一样整齐的墓地和巍峨高耸的纪念碑。走进这座烈士陵园，却只见森森的林木。

墓，墓在哪里？我们环视。

一座巨大的水泥构件突兀地显现出来，仿佛紫金山天文台半圆形的屋顶，凝望着西中国 9 月湛蓝如洗的天穹。

全园仅此一处坟茔，像一座孤零零的水泥城堡。1937 年 1 月 12 日到 1 月 20 日，西路军红五军三千八百名将士，血战高台，全军覆没，遗骨尽收于此。

我从未见过比这更大的坟墓，像一座土黄色寸草不生的山丘。但对于三千八百名不死的英魂来说，它太拥挤了。手抚被太阳晒得温热的水泥壁，觉得它充满即将爆炸的张力。烈士们人无分老幼，地毋论南北，在这水泥穹顶下肌肤相亲，相濡以沫，这是一座名副其实的兄弟冢啊！

这坟墓使整个烈士陵园风格简练而主题突出，使人深思三千八百人命运的琴弦为何同时喑哑。

烈士纪念堂内垂满挽联、挽幛，觉得自己也变成一朵素白的纸花。墙上挂着红五军军长董振堂毕业于保定军官学校时的相片，英俊潇洒。眼光从年轻的面庞下移，突然像冰柱似的凝冻。

又是一张董振堂的相片。额头、眉棱、嘴角，都与年轻时的影像轮廓相符。对于一个成熟男子来说，时光只是使他神气更坚毅而果敢。一切都像是同一张底版又加洗了一张，唯一的不同是：在 1925 年的董振堂严谨地扣着军装风纪扣的地方——1937 年的董振堂脖颈以下，是一片迷茫的苍白。仿佛有一场漫天而降的风雪，掩去了董振堂的身躯。在这一片迷茫的苍白之下，我看到一圈浅浅的阴影——那是一个碟子。董振堂年轻而高傲的头颅，就坐落在碟子之上——这就是敌人残害他之后所摄的相片！

1937 年，西路军孤军深入，兵败祁连。匪徒们得以从从容容地

宣扬他们的战绩。纪念堂里展示着大量敌人当年所摄照片，惨烈的血雨腥风，扫过半个世纪的时间隧道，鞭笞着我们的心。

一组连续照片。第一幅是一群被俘的西路军战士，衣衫破碎，弹伤累累。第二幅是一棵枝叶繁茂的大树，从叶子的轮廓和枝杈过早分披的树形看，仿佛是棵古槐。在槐树惯常都有的树洞里，像蜘蛛一样钉着一个赤裸的人体——瘦骨嶙峋，仿佛是用灰白色的铁丝编织而成。我看到了干瘪如两片枯叶的乳——那是一个年轻的女人。图片下的说明中，写着她是西路军的一位护士长。第三幅是匪徒们将她的尸体丢弃在地，一群群豺狼狂笑的合影，一幅又一幅……

脉搏在手腕处像出膛的子弹一样跳动，我感觉到了那个不知名姓的女人在死亡以前，所承受的全部屈辱与痛苦……

9月的西中国将近正午的骄阳，把到处都烘烤得像麦秸垛一样松软膨香，我们站在明媚如金的烈日下，脸色铁青。

往日，我们每经过一处，都要喧嚣地议论抒情。今天，无话。所有的人都缄默在这肃穆的园林。

我们到街上买来九米白布。中国人尊崇九，这是一个表示最高敬意的数字。同行的老书法家大笔泼墨：历史和人民永远不会忘记你们！

后来，我对朋友说："假如有一天我去打仗，我一定英勇地战死。死后请你们把我的尸体扔进火焰，烧焦。"

前面就是阳关

关于鸣沙山，关于月牙泉，关于白佛黑佛，关于卧佛立佛，我都不准备再写什么了，虽然它们都是敦煌的骄傲。我只想再写一写阳关。

"西出阳关无故人"——一句古诗，让一座城池在记忆中永存。

一个绝早的清晨，出发游览阳关。它位于敦煌西南约八十公里处，乘车走了近两小时。大漠苍茫，薄雾轻风，莽莽荡荡的流沙砾石，闪烁着妃色的光芒。一座高大的烽燧，碉堡一样突兀地矗立在面前，向导说："阳关到了！"

我们忙着在烽燧前留影，心想烽燧如此雄伟，阳关更应气象万千，催着向导快领我们游览阳关。

向导领我们登上一处高坡，用手一指："前面就是阳关。"

前面——浩渺的沙海，绵延无际。巨大的沙包，仿佛光滑的屋顶，参差起落。遍地金沙，像一匹波光粼粼的锦缎，抖动在蒸腾而起的雾气之中。没有人烟，没有城池，甚至连一棵草一片瓦都没有，只有死一般的寂静。

我们辛苦跋涉来看阳关，阳关早已不存在了。

阳关建于西汉，是汉唐时代向西域输送军队的最后大本营，故而留下许多亲朋别离的千古绝唱。唐以后，逐渐废弃。随着世代久远，流水冲击，风沙淹浸，关城破败，城垣灭迹，故历史上留下了"阳关隐去"一说。

据说从烽火台处往沙漠腹地走上几个小时，可以到达一个叫作"古董滩"的地方。当地民谣说"进了古董滩，空手不回还"，在那你可以拣到铜钱、箭镞、陶片或其他文物。那里就是当年阳关的具体所在。

面对浩瀚的沙漠，心中充满世事变迁的苍茫。看周围熙熙攘攘的游人，都在念叨着"西出阳关无故人"。听说这句诗在日本也很有名，

许多日本人就是为了看看阳关，才到敦煌来的。

阳关湮灭了，但人们并不悲哀，不存在的阳关依然在人们心头耸立。因为人们是从王维的诗里认识阳关的，只要这首凄清悲凉的诗一代代流传，阳关就永远不会消失。

从阳关走出去的，是征战的将士；从阳关返回来的，是思家的游子。告别阳关，我们踏上归途。大漠戈壁，绿洲关山，边墙烽塞，古道驼铃，画工青灯，石窟佛陀，悲壮的征战，凄婉的别离，开拓的艰辛，辉煌的功业，传奇的故事，豪迈的诗篇……像鸣沙山下的五色沙，沉甸甸，滚烫烫，色彩斑斓地混淆在脑海中。

听说，千佛洞的壁画是以五色沙为颜料画出来的。

玛瑙人

中国人对宝石，有一种与生俱来的向往与对其神秘感的好奇。我们的正史、野史、诗词、传说，像一块巨大的黑丝绒，其上缀着无数星光闪烁的宝石：和氏璧、隋炀珠、杜十娘的百宝箱、水晶宫的白玉床……最珍奇的是那块来无踪去无影的通灵宝玉——假如没有它，中国文学史上最伟大的著作，将无处落笔。

俗话说玉不琢不成器。这话说得太滥，我们已习惯于径直去理解它的引申义，反倒忽略了它本身所描述的过程。琢玉是很残酷的——在一块成功的饰物之后，壅着一堆碎屑。在许多年代里，它们只是彩色的垃圾。

3月的桂林，烟雨如画。在参观了广西宝石研究所璀璨的宝石之后，主人热情相邀：再去看看我们的宝石画吧！

知道漆画、铁画、羽毛画、麦秸画，不知道天下还有宝石画！

很小的一间房屋，普通的两张台案。见不到什么绘画器具，只有几十只素白的碗碟摆在桌上，盛得鼓尖，好像好客的乡下人摆下的丰盛宴席。碟子里的菜可不能吃哟！每只碗里，盛一种宝石的碎屑，翡翠、密玉、红蓝宝石、紫晶、碧玺、蔷薇石……粗粝的如同火柴头大

小，细腻的就是彩色的富强粉了。

因了那份毫不混淆的纯粹，因了那份无可挑剔的晶莹，宝玉石的粉末成了一种绵里藏针的绮丽之物。凝固的鸽血一般的红，南极洲冰下海水一般的蓝，大漠一般焦灼的黄，原始森林初生幼叶的绿，若有若无的轻粉，袅袅婷婷的弱紫……目光在五颜六色中沐浴，我疑心自己的眸子要被染成彩虹。

所有的语言都显出一种笨拙，所有的比喻都像窄小的床单，覆盖不了宝石给我们的感觉。词汇被宝石吓住了。我们已习惯说雨后的天空蓝得像一块宝石，待我们看到真正的蓝宝石时，再湛蓝的晴空也无法达到那种晶莹。在真正的宝石面前，只能悄然不语，凭借心中久久的惊讶，记住它的神秘。

几乎是世界上最小的加工厂了。只有两名艺人，都是年轻的女子，在默默地作画，仿佛怕惊动玉石的精灵。

宝石画其实是以宝石粉末颗粒为笔锋，以石为墨，将天然色泽和花纹各异的宝玉石碎屑，粘贴镶嵌在麻布或磁盘上，形成一幅幅独特而诡谲的画面。

最初的构图是用透明的胶水勾勒而出的。一位艺人拿着牙膏似的胶管在画布上蜿蜒，有轻微的醇味在空气中游蛇似的窜动。胶似干未干之时，她纤巧的手指捻一撮极渺细的蓝宝石粉末，像抚摸婴儿面颊似的在布的上空一抹，一条波光粼粼的漓江，便晃动起来。

另一位艺人在点染黛玉。腮上涂了胶，像是终日洗面的泪痕。芙蓉石粉撒上去，这娇美聪慧的女儿，便有了永不消退的红颜。

椰子树婆娑摇曳的叶片，是用翡翠镶嵌而成，春夏秋冬长绿。史湘云的石榴裙，是用真正的石榴石拼接连缀，日晒水洗不旧不残。

画出漓江的女艺人，像烹调大师一样忙碌着。从碗碟中拈出原料，灰蓝色的贵翠铺出一片宁静的土地，阿富汗的青金石，叠出桂林的骄傲——象鼻山……最后用棕黄色的虎睛石，粘出一叶小舟……

您说这象鼻山上是不是还该有点什么？女艺人问。她并不回头看我，只是看画，一忽儿凑下身去端详，一忽儿又端起画布，像火车铁轨似的伸直双臂，脖子尽量往后仰，拉开距离打量……

空荡荡的山，终是有点冷清……我思忖着说。

她点点头，捏起一把女人修眉毛的小镊子，像挑食的孩子，在碟子里急促翻拣起来。好容易挑中一粒宝石，往画布上一比量，"啪"地丢回碗中，发出清脆声响，仿佛两粒子弹相撞。终于，女艺人夹起一颗粟米大的黑玛瑙，把它精细地黏结在象鼻山的山洞里，又挑选了一粒更小巧的红宝石，挤在一旁。

噢，好一对亲热的情侣！这一帧宝石画，因了这一双依偎的彩粒，漾起了浓浓的春意。

女艺人们作画是没有底稿的，全凭目光在宝石堆里搜寻，看到个什么，想到个什么，就画出个什么。由于天然宝石原料的可遇而不可求，每一幅创作都是孤本。

你们总共画了多少幅？

上千幅了。她俩说。

那怎么周围一幅成品都不见？我巡视一圈，除了一只远红外取暖器，别无长物。

都叫人买走了耶！粘好一幅，拿走一幅，有时站在一边催，催得你心慌慌……有一次，我俩一起画了幅大型花卉，好富丽呀！因为太贵，暂且没人买，我俩好喜欢，天天看，都不敢相信是自己粘起来的……可惜呀，还没喜欢够，只看了七天，就被外国人买走了……该买个照相机把它照下来……两人抢着说。

她们俩的美术都是自学的，然天分极高，作品销往港台一带，很受欢迎。我同她们聊着天，很融洽。

我的一个纸包，你看到没有？画黛玉的女子对画漓江的女子说。

没有哇！别着急，我帮你慢慢找。

两个女子便在碗碗碟碟中翻拣，似乎把我忘了。

我那日在玛瑙碗里，发现一块黑色的，像极了一个女人的胸。我就把它留出来。过了些日子，又看到一块羽毛条纹的白玛瑙，像一条裙子，就是跳芭蕾舞短而泡起的那种……后来又寻到了淡红玛瑙的胳膊和腿……我把它们都藏在一个纸包包里，很小心地收起，怎么会没有了呢！画黛玉的女子把白碟子敲得仿佛要碎掉。

粘漓江的女子不作声，细细寻觅，轻声说，找到啦！你怎么就不看看眼底下！

我们画个玛瑙人送给你！两人说。

我深深感谢这份温馨的情意。只是定睛看去，心中又暗暗失望：这哪里是美丽的玛瑙人啊？只是一堆零碎的半透明小石片！

这就像是哪吒的莲花身，看看每一截都不像的，合起来就稳是那个人了。画黛玉的女子在一张白纸上随笔勾了个图，果然是翩翩欲飞的舞蹈形象。

我给你胶，你回去照这个样子一粘就画出来了。她说。

我可是个笨手笨脚的人……我没把握地说，心中半信半疑：这把碎屑真能变成那般婀娜吗？

我帮你粘起来吧。画漓江的女子说。

她找来一块白布，敷在一块纸板上，一个简单的画框便出来了。她灵巧地抹着胶，把碎玛瑙按在上面……仿佛她的指尖有魔力，那个舞女轻盈地飘落在画布上：起伏的胸，雪白的裙，挺拔的腿、高扬的头……尤其是她的双臂，像展开的翅膀，仿佛在向苍天祈求着某种祝福……

好吗？她俩歪着头问我。

好，极好。我由衷地说。惊讶这两个山野中的姑娘对于石头的想象力。

好像……单薄了些……她张着两只手，像在求什么……求什么呢……什么……画黛玉的女子自言自语。

她俩便一齐静默了，你望着我，我望着你，彼此的瞳孔里却都没有对方的影像，一片空茫。

我不敢插言，怕打破了她们的想象。

让她祈求月亮吧。画漓江的女子怯怯地说，好像怕惊飞一只鸟。

好！就找一颗紫月亮！画黛玉的女子叫着，把盛满紫牙乌宝石的碟子搅得翻江倒海。

紫月亮？我轻轻地讶异！

对！紫月亮！在最晴朗的夜晚，你久久地盯着月亮看，直到眼珠酸了都不要眨，就会看到月亮沁出紫色……画漓江的女子说。

她俩配得真默契。我想，是宝石给了她们相通的灵犀。

那么是初月、残月，还是满月呢？画黛玉的女子问。

满月！是满月！我们三个几乎一块喊出。无论从画面的构图重心，还是从玛瑙人企盼的虔诚，那里都只能悬挂一轮满月。

我们像秋风扫落叶一般寻觅每一个角落，把盛宝石的盆盆碗碗翻

得一片狼藉。我们终于找到了两个备选月亮，一个是滴溜溜圆的紫牙乌，规整的形状仿佛用圆规画过，圆得不可思议。一个是锆石的，好像浸在水中，略椭了一些，然而极其晶莹透亮。

紫色的月亮啊，哪一轮更圆？哪一轮更亮？

她俩费了斟酌，反复商量，几乎吵了起来，又征求我的看法，我说了，她们却又不听。

最后，终于照画黛玉的女子的意见办了：在玛瑙人的上方，粘了一轮皓月——真正的锆石所剪裁的月亮。

月亮可以不圆，但月亮必须要亮。她说。

谢谢你们！我发自肺腑地说。回到北京以后，我一定把玛瑙人挂在桌前。祝你们画出更多更好的宝石画。

我们一定要画得更好，只是，不可能画得更多。她们说着，打开远红外取暖器，烤自己颀长而冰冷的手指。桂林的三月，阴雨连绵，空气中有一种潜移默化的寒意。

为什么呢？我不解。

因为宝石是很稀少的。选料要很严格，颜色、质地、花纹都是天然的，要把它们搭配在一起，显出一种美，是马虎不得的……她们俩对我说。

手指烤热了，她们又在冰冷的宝石粉屑中翻拣……

此刻，玛瑙人正立在我的案头，仿佛在向皎洁的月亮祈求什么……每当我写作困顿的时候，慵懒的时候，敷衍的时候，畏葸的时候，我就想起两个创造它的普通的女工。

我便振作起来，不敢懈怠。

B 门

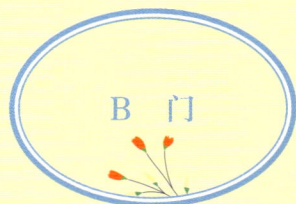

　　一伙出去游玩，某人带照相机，他便最辛苦。给这一个单照，给那几个合影，忙得不亦乐乎。轮到照"全家福"，更急坏了背相机的人。先要选景、支三脚架，再把相机像个火锅似的支在上头。大家排好队，给操机者留出相应的位置。他眯着一只眼，在三脚架处调好光圈，然后猛地揿一下快门，人们便倏然安静，只有照相机内部的装置像定时炸弹似的走着……说时迟那时快，操机者像百米起跑似地冲过来，撞进人丛。人们都担心他赶不上那愈来愈迫近的预定时间，头不敢偏，眼珠却都是斜的，用余光瞥着一侧。

　　啪！B门响了。

　　唉呀呀，早不响晚不响，偏偏我眨了一下眼睛！

　　为了保证团体照的效果圆满，自然要多照几张，于是所有的过程重演。

　　B门太麻烦了。简便的办法，就是拉一位游人，请他按一下快门。

　　只是这个人，却并不好找。前些年，照相机还属奢侈品。有时候等半天，也碰不到一位背相机的同僚。随便请一位游客吧，谁知他会

别给人生
留遗憾

不会摆弄这玩意儿？倘若那人说一句，对不起，我不会照。我们说，对不起，打扰了。彼此虽有尴尬，也还好说好散。最怕碰到一位爱面子或是傻大胆的老兄，不会操作却很镇定，大大咧咧熄了烟说，不就是按一下吗？知道，知道。

陌生人照出来的相，有极好的，在我们一串平庸的照片中，鹤立鸡群。我们悟到那一天偶然遇到了高人。多数糟糕，影像模糊犹如一艘即将沉没的海船。我们便知道那天结识了一位敢吃螃蟹的勇敢者。

然而无论如何，我们应该感谢这属于陌生人的热情。

如何在如织的游人中鉴定出谁是照相的高手，成为游览中的一门功课，有时还就人选发生小小的争执。妹妹主张遴选穿着时新、举止潇洒的年轻人，理由是只有新潮一族才对此有造诣。我总想找老成持重板正方良的人。浪费了胶卷我不怕，毕竟是要在素不相识的人面前摆一次姿势，露一回笑脸，太活泼的摄影者，令我不自在。

后来，背照相机的人越来越多了，找人代摄也越来越容易了，B门就越来越少用到了。

去年夏天，乘车自兰州始发，驱驱数千里，直抵敦煌。

古代人走到何处，以诗为证。现代人，则以摄影为证。

到达鸣沙山时，正是落日辉煌时分，整座沙丘仿佛纯金锻制。人们快乐地跳着叫着笑着，把鞋袜甩得老远，尽情在沙中嬉戏。爱沙如爱水，是人类不灭童心的明证。

鸣沙山下合个影。

要尽善尽美！要万无一失！

选择人工B门，大家寻寻觅觅。

在敦煌，几乎人人背相机。我们不约而同把目光投向一对青年男女。他们那么无拘无束地奔跑着。我们更聚焦于男孩，因为潜意识中总是男孩更善于摆弄机器。

小伙子穿一条黑短裤，一件嫩黄色的 T 恤衫，脚蹬白旅游鞋，掩饰不住的青春气息，像啤酒泡沫似的从他体内洋溢出来。

喂！请帮个忙！我们招呼他。

男孩笑嘻嘻地跑过来。

这样按……这架照相机的所有者介绍着。这是一架高档豪华的日本相机，交到陌生人手中，多少有点不放心，反复叮咛。

男孩噼里啪啦地开始鼓捣相机，像在摆弄一件玩具。

主人在一旁揪心地瞅着，忍不住说，这相机可是日本原装。

男孩抬起头，快乐地眨眼睛。相机，我很熟，这个是我的国家产的。

那一瞬，突然很静，很静。我听见鸣沙山的五色沙，从山顶游人脚下滑动的响声。

这是一个日本青年，他招呼女友也来看这架相机。两张年轻而单纯的脸上焕发着镜面般的光彩。

我觉得倒也无可指责。比如我们在异国突然看出别国人手中握着中国物件，自然也会喜不自禁。

那一张合影，终究留下几分尴尬。

同行的老作家，名字中有一个"笑"字，后来因愤怒日本帝国主义对中国的侵略，投笔从戎，将名字改为呼啸的"啸"。后来，抗日胜利了，才又改回欢笑的笑。当年气宇轩昂的热血青年，已成为须发皆白的长者，唯有一腔热血依然沸腾。

他紧皱双眉说，当年日本鬼子的铁蹄尚未践踏到敦煌，祁连山的

雪挡住了他们。今天，我们来敦煌，坐的是丰田越野车，戴的是誉满全球的西铁城表，看的是松下画王彩电，照相用的是日本相机富士彩卷……当年日本人用枪用炮得不到的东西，如今得到了……

说这番话的时候，我们正在游览日本人为拍摄历史巨片"敦煌"而仿造的敦煌城。手里捏的参观券也为日本人设计，两个龙飞凤舞的大字"敦煌"，也是日本书法家挥就。

名为"笑"的老作家，沉重地垂下眼帘。很长的白色寿眉，在西域的风沙中抖动。

已经离开B门太远了。人们已经拥有越来越多的相机，几乎每一个人都会照相了。相机多了，总是好事，不必管这相机来自何方。人们有各式各样的想法也很正常，历史给每个人都留下点什么，像树木的年轮一样，你不可涂改。

那张日本青年所摄的相片，"笑"老人眉头紧锁着，我挺平和。比我更年轻的人们，畅笑不已。

如果你没有看到过钻塔

如果你没有看到过钻塔，那你就什么也没有看到过。斯大林在视察苏联巴库油田时，这样说道。他鹰隼似的双眼，曾横扫过整个世界的烟云。

石油的开采，已经从陆地扩展到了海洋。当我们应邀去参观渤海油田海上采油平台，心中充满了渴望。因为是早晨，因为是向着东方，因为是晴朗的有风的初冬，拖轮便像在一片抖动的金箔之上滑行。船头将金斑搅得灿若火焰，船尾将海面犁出雪白的壕沟。你刚窥到碧蓝的海的肌肤，无所不在的金光就神奇地愈合了伤口，大海又重新回到浑然一体的辉煌。

整整四个小时，我们在波峰浪谷之间摇曳。渤海海面今日七级风，海天一色，蓝得令人感到不真实。四周看不到海岸线，看不到船，看不到海鸥，甚至也看不到鱼。鱼躲在风浪之下，嘲笑我们晕船。在茫茫大海之中，人极易感到渺小。广袤的自然以它博大的无涯，证实着自己的永恒。我们仿佛回到了地球最初诞生的洪荒。

突然，视野之中出现了一个橙红色的点。所有的人都以为那是错觉，海极大地摧残了我们的自信力。但那个点无所顾忌地增大着，并逐渐显示出宛如几何图案般的骨架，无可辩驳地证明自己是一座人工建筑。

渤海油田采油平台到了。

它是一座巍峨的钢铁岛，约有十个篮球场大，巨大的钢桩打入海底，直揳入地壳深处。庞杂的采油设备和所有工作人员的衣食住行，便都在这些钢铁立柱支撑的平台之上进行。在平台一侧，有一把迎风飘逸的火炬。在明媚的阳光下，那火焰几乎是透明的。只有从火炬四周淋漓而荡漾的景色之中，想见那里抖动着怎样一幕炽热的空气瀑布。

"这火炬每天要燃掉六千立方米天然气。"陪同我们的平台经理说。我的第一个念头是：这太浪费了。随即想到漫漫的海路，终于没有吭声。遥想深夜，无论怎样肆虐的风暴，也无法扑灭这地心之火燃起的光明，该是惊心动魄而又灿烂辉煌的。

该上平台了。

登平台有两条途径。一为走吊桥，大致同上下飞机时的金属梯。只是平台吊桥横跨于平台与拖轮之间，其下便是沸沸扬扬的大海，走在其上，就有了"蹈海"的感觉。二为乘吊笼，所谓吊笼是一个一人多高的橄榄绿尼龙绳索结成的套子。朦胧地说，仿佛一个巨大的空心灯笼。使用时，人站在吊笼底座，双手抓紧绳套，随着升降装置的启动，人便被徐徐吊上了高高的采油平台。

我很想乘吊笼上平台。钻进吊笼中间，也就是灯笼中插蜡烛的地方，周围是网络般的尼龙绳保护，安全而又惬意。

你搞错了。不是站在绳索里面，而是应该站在绳套之外。看出我心思的经理提醒我。

这怎么可能？！站在绳索之外，升空的过程中，你的脚下是大

海，你的背后是空气，你全身的重量都维系在你抓住绳套的两只手上，要是万一掉下去，这可怎么办?!

正是考虑到万一会掉下去，才要站在吊笼绳套之外。这样一旦发生意外，吊笼坠入海中，人才能迅速挣扎出来。不然，绳套包绕着你，你怎么办呢? 平台经理安静地对我说。

他很年轻，光滑的额头几乎没有一丝皱纹，性情中却有一种很深刻的镇定。他的眼睛很大，很圆，有着婴儿一样的长睫毛。当他专注地盯着你问的时候，你有一种被深思熟虑的猫注视的感觉。

我深切地体验到了海和陆地的区别。在泥土的高处摔下，只要你当时不死，你就算活过来了。在海上，这才仅仅是事情的开始。

有过这样的事吗? 我不安地问。还没有上平台，我已感觉到了生活在上面的严酷。

有过。他轻轻地笑了，露出白贝壳一样的牙。我们所有在平台工作的人，都有自救证。

什么叫自救证? 我拥有过形形色色的证，但没听说过这种证。

自救就是掉到海里，你能救护自己，坚持到别人来救助你的能力。简言之，就是游泳。乘吊笼，必须要有自救证。平台经理不笑了。

我会游泳，但我没有自救能力。我知道在充满漂白粉气味的游泳池里练就的手艺，是经不起大海的推敲的。

我们走吊桥，登上平台。

此刻，我们既不是在天上，也不是在地下，更不是在水里，而是实实在在站在上万吨的钢铁之上，站立在人类的智慧结晶之上。

上了平台之后我们所做的第一件事是——吃饭。

四个小时的颠簸之后，在洁白桌布的提醒下，我才感到饿了。

餐厅的光线很柔和，闪闪发光的不锈钢餐具，映出我们因为晕船而略显憔悴的脸。菜肴很可口。听说平台上以前有外国专家工作，厨师受过专门训练，还会做西餐呢。我轻轻地啜着可口可乐。在洋溢着现代文明的午餐之后，觉得这海上采油也并不如想象中的艰苦。平台很平稳，感觉不到丝毫晃动，整洁优雅的环境，使你恍惚置身于设备齐全的饭店。

猛抬头，在一盘水果沙拉之后的墙壁上，钉着一块齐崭崭的标牌。上面印着伸臂蹬脚的小人影像，仿若我们在男女豪华公厕门扉上看到过的标志，洗练而简明。其下有一行触目惊心的黑色字迹：救命胴衣穿着法。

整个石油平台是日本制造的。我不知道这行符咒般的词语，是在日文中就这样书写，还是专门为中国人员翻译过来的。总之，当你品着可乐而骤然瞥见"救命"二字时，可乐的滋味也就更丰富一些了。

也许是到了自己的下属们中间，平台经理显得很严肃。他拿来一摞平平整整的工作服。

这是特制的防静电服。海上平台有六个储油罐，每个二百吨……他略微顿了一下，以便让我们计算出他的平台上的总储油量。在上千吨的原油和熊熊燃烧的天然气火把之间，防火极为重要，平台上不仅不允许吸烟，连碰撞、摩擦产生的静电火花也是极其危险的，这工作服的纤维里掺有金属丝，可防静电。大家每人穿一套吧。经理详细说明着。

我们每人拣了一套工作服，上衣是蓝色，裤子是灰色，几乎是新的，看来有幸上过海上石油平台的人极少。

我们戴着橙色的工作帽，在形形色色的钢铁管道和玻璃仪表中行走。石油平台是由高低有致的几大块钢铁部件拼装起来的。假若有一只硕大无朋的眼从空中观测，平台便如组合家具一般，有不同的层面。最高处是直升机场，它的用途是不言而喻的。

坐直升机回陆地去，很快吧？我问。

是快，不过平台上的人都喜欢坐船。经理答道。

想起那海上晕船的痛苦，我大不解。

直升机常摔，去年还死了人，你们听说了吗？

我点点头。其实我并不知道这里曾发生过空难。不过我理解工人们，长年生活在这处处蕴含着危险的石油平台，他们对危险有着天然的警觉和拒绝。

生活区和生产作业区、储油罐区相互连接又相对独立，中间以金属楼梯沟通。楼梯悬挂在海天之间，类似天险中的栈道。其实楼梯是很坚固牢靠的，梯面由细密精致的金属丝编织而成。但也许正是因为日本人的精致，使那梯面菲薄得如同纱巾，这在减轻楼梯自重上也许很有好处，但它镂空得透明，踩在上面如同踩在虚无，在鞋与鞋的交错之间，你可以明白无误地看到蓝如靛汁的大海，精神便不停地受到挑战。

平台经理领着我们在八卦阵一般的管道中前行。管道较人还高，便有了在青纱帐中穿行的感觉，只是这些铁杆庄稼过于苗壮。到处都是仪表，它们的指针或者凝然不动，只有长时间的观察才能看出极轻微的偏移；或者不安分地摇摆不停，叫人感到片刻之后就会有一场爆炸。想想看吧，原油从海中被吸取，然后输送、加工、储存，所有的过程都是在密封状态下进行，它的一切成分和变化，都是由仪表和数据显示的，仪表便分外神秘。

我们已经在管道中穿行了许久，我们可以在任何一个最不经意的角落看到仪表，而我们还没有看到一滴真正的原油。

这平台上一共有多少块仪表？我终于忍不住问。

年轻的平台经理难得地皱起浓眉，眉心里便有了极细的皱纹。没有准确统计过，他的脸竟微微红了，大约一万块仪表吧！

石油平台是极讲科学的地方，他为自己提供数字的不精确性感到了愧疚。

我为我的唐突感到不安。这仿佛是问一位山民，山上的石头有多少块，该脸红的是我。于是我转换了一个话题，您是这平台上的最高首脑了。

不是，或者说不完全是。我们还有一位平台经理，他和我负有同样的责任。

我表示很想见一见那位领导，想知道他是否也同样年轻，同样冷静。

您见不到他，他现在正在床上。

病了？我很吃惊。在这远离人寰的地方生病，一定格外痛苦。

没有，他在睡觉。

正是中午，我想象不出一个年纪轻轻的健康人，怎么能在如此明亮的阳光下，大张旗鼓地睡觉！

我们是两班倒，所有人员都是双套，一个班就是十二小时，下班后就睡觉。

十二小时？这未免太严酷了，从马克思那会儿，工人们就为八小时工作制而奋斗。工人们没有……什么不同想法吗？我谨慎地挑选着

词句。

大家都愿意上班。平台经理又露出了白贝壳似的牙。

为什么？我问道。

因为……寂寞。平台经理不笑了，他那像婴儿一样纯正的目光中，有了一丝悲哀。

平台上有很好的活动室，有乒乓球桌和台球桌，还有电视和图书阅览室。

我们无语地向前进行，前面到了一个岔路口，通往一侧的指示箭头上用极正规的汉字书写着：逃命通道。

我想到这边看看。

这是发生海难时的太平门。平台经理说着走到了我前面。

我不知前面会出现什么，该不会就这样一直走到海面吧？

在逃命通道的尽头，有一艘救生艇。它像巨大的野蜂巢一样，悬挂在平台的外侧。

危急时刻，用太平斧将缆绳砍断，艇就自动充气，溅落在海上了，然后我们就自救。平台经理平静地向我说明。

救生艇是橙红色的，这是平台上应用最广的颜色。井架、工作帽和许多重要设施，都是这种颜色。它像那种成熟得极好的川红橘的色调，带着热烈、警醒和淡淡的恐怖感。

当年"渤二"就是在那里翻沉的。平台经理指着一个方向说。

那里是湛蓝的大海，有银白的海鸥在飞翔。时间将一切都冲刷掉了，唯有人们的记忆永存。记得当年读一篇报道"渤二"海难的文章，曾说过找到遇难石油工人的尸体时，那里的海面是一片橘红。工人们临死前将自己捆绑在一起以防飘散，橙红色的救生衣就炫目地飘浮在海面上。

我们都静默了。为了已经和将要牺牲在海洋上的石油工人们。

我到现在还没有看到过原油呢！我对平台经理说。人类用自己的血液换来了地球的血液，我急切地想一睹它的真实原始的面貌。

平台经理打开一处管道，我看到了未经炼制的刚刚从海洋深处吸取到的原油。它黑如沥青，黏稠得发亮，散发着隐隐的热气。

可以摸一下吗？我试探着问，怕它如沸点很高的温泉一般烫人。

平台经理瞟了一眼某块仪表，说，此刻的油温是三十五点二摄氏度。

我把手指伸入原油，挑起一道亮而黏稠的丝。微温，令人感觉到很舒适。我想，这就是地球皮肤的温度了。

我们已将所有的工作区域巡行了一圈。虽然是冬季，虽然七级风，我的额头还是沁出了薄薄的水汽。

这一圈走下来，大约有一公里。我说。

一公里要多。平台经理很肯定地说。我每天夜里都要这样走来走去。

刮大风的时候也要走吗？

刮大风的时候更要走了。我会整夜睡不好觉，惦记着这些仪表。

在风雨如晦的黑夜，在这波涛汹涌的大海之上，踩在菲薄的金属楼梯上行走，不知需要怎样的勇气和毅力。

我想自己单独走走，可以吗？我说。

当然可以。平台经理露出白贝壳似的牙。只是最好不要打扰了工人们睡觉，他们今天晚上要上十二个小时的班。

生活区的设施很好，工人们的卧室，类似火车的软卧车厢，静悄悄的，毫无声息。工人们果真在安安稳稳地睡觉，日复一日十二个小时的劳作，毕竟是强大的体力支出，白日之下，也酣然入梦了。

我走到一扇标有"医务室"字样的门前。门虚掩着，我轻轻地把它推开。洁白、整洁、温馨，弥漫着医疗单位惯常的气味。一位年轻的医生正坐在桌旁看书，斜射的阳光将他的脸照得轮廓分明，我看到他嘴边生着细如蜂腿绒毛般的小胡须。

平台上的人们都非常年轻。

他对我的闯入显得有些慌乱，我是陌生的异性人。

我想要一点晕船的药。我为自己寻找到了一个正常的闯入理由，况且晕船也的确使我心有余悸。

他把药瓶里所有的"晕海宁"都倒给我。

我要不了这许多。再说，你把所有的"晕海宁"都给了我，平台上的人晕船了，怎么办？

我还有呢！他快活地微笑着。再说，平台上的人，都不晕船。

哦！平台上的人都不晕船！每次往返八个小时的颠簸，终日里海风的熏陶，使他们早已忘记了晕船这个本属于陆地的毛病。

平台上的小伙子们每天工作那么长时间，他们愿意吗？得病的多吗？我把心中的疑问再一次提出，不是不相信，而是希望再一次证实。

工人们都愿意上班，上班时间过得快呀！小医生明确地嗔怪我的不明事理。下班后，除了睡觉就是聊天，谁家有点啥事，早八辈子都聊完了。

还可以打球、下棋、看电视……我总以为今日的石油平台比海岛边防生活，要丰富得多。

打球下棋就总是那几个人，那几套路数，彼此透熟，还有啥玩头呢！

我想也是。纵是世界冠军和亚军，让他们天天对垒，时间长了，也会充满烦恼。

那还有电视呢！我不屈不挠地提醒。

电视只能看，不能参与。比如亚运会，我们连喊声加油的地方都没有。小医生的目光黯淡了。

我也垂下了眼帘。他们是现代人，重要的在于参与。现代科学文明的发达，使他们如此清晰地知道世界上发生的任何事情，他们远离世界，永远只是一个旁观者。这样深入到骨髓之中的寂寞和孤独感，这样被封闭被隔绝的痛苦，非深入其境之人，难以想象。

在这种环境下，你的病人是不是很多？我小心翼翼地问。

不多，我闲得没事干呢！小医生对自己工作的轻闲感到不好意思。我们的小伙子身体都好得很。他自豪地说。

我点点头，表示完全同意他的观点。

只是他们似乎有一种奇怪的病，就是对土地的思念。小医生的目光显出忧郁，我们是脚下无立锥之地啊！

我下意识地看看脚下，墨绿色的簇绒地毯，像一块春天里茂盛的草地。地毯之下是钢板，平台本身就是一座钢铁的宫殿。钢板之下，就是大海了。

他们的脚下没有地。哪怕在一个最小的珊瑚岛上，你的脚也会沾染到土地，土是人类生命的发源地。记得我有一盆气息奄奄的花，眼看无救，便把它从楼上丢到垃圾箱里，被邻居老大爷拾了去。半月后，待我再看到那盆花时，竟欣欣向荣到不敢相认。我问大爷使了什

么绝招？大爷说有什么绝招？！不过是沾了地气。

石油平台上没有地气，你只能听到无穷无尽的波涛之声。这不是在海岸上听到的那种有节奏的惊涛拍岸之声，无论多么大的风浪，你都能从岸边巨雷般的海啸声中，感到岸对波涛的阻碍，感到岸的不容置疑的存在。你绝不担心岸会被淹没，岸比海洋永恒。平台上的涛声不是这样，那是一种完全不经意的来自大海肺腑的律动。它无视任何其他的存在，无休无止地自吟自唱，充满着强大的自信和亘古不变的倨傲。今天不过七级风，若是刮十二级风，这里又该怎样？年轻的石油平台人，没有土地的依傍，他们便失去了人类赖以生存的安定感。这是一种深切到难以察觉的付出。

时间已经不早，我们就要离开。就在这时，我有了此次平台之行最重大的发现。在气势恢宏的采油平台一侧，有一架锈迹斑斑的建筑兀立在海水之中。原谅我用了"一架"这个模糊不清的量词。站在这座钢铁凝成的现代化科技岛旁，那建筑局促得实在无法称之为"一座"。它寒酸、简陋、低矮、粗糙，像是一节被废弃的火车皮。但是，用不着内行人指点，我们也可清楚地分辨出，那上面也有类似储油罐的装置。

那是什么？我讶然至极。

那是六号。平台经理回答我。

六号是什么？我追问。

那是我们自己的平台。自行设计，自行建造的石油平台。开始是打的勘探井，当有了油气发现时，就将钻井平台改建成采油平台。平台上的设备百分之百都是国产的。六号一共为国家生产了三十多万吨原油。经理如数家珍。

我凝视着六号。中东海湾局势，向全世界普及了关于石油价格的知识。三十万吨原油象征着怎样一笔巨大的财富，每个人都不难计算出。它们真是由这架如此初级的平台贡献出来的吗？

那上面是什么样子？

太简单了！三合板的墙，铁皮盖的屋顶……我们划小舢板上去过。一位平台工人告诉我。

旧平台默默无言地和新平台立在一起。海浪拍打着新平台也拍打着旧平台。我在新平台上所感受到的所有孤独和苦难，在旧平台上也一并存在过。没有现代高科技文明的缓释，那苦难一定更尖锐更持久更剧烈……

你们有谁曾在六号工作过？我问。

人们面面相觑。没有，一个也没有了。在科技日新月异的今天，六号已古老得像一个神话。那些最早的开发者工作者们，你们在哪里？

可以上去看看吗？我说。

不行了。梯子已经锈断，上面很危险。也许哪一天一阵飓风，就把它埋葬在海里了。经理告诉我。

我于是向六号久久地行注目礼。

这样的平台，我不知我们还有几个。但我想，我们起码应该保存下一个，成为一座石油博物馆最珍贵的展品。让我们的后人永远记住，我们的祖国曾经怎样起步维艰，我们的先辈曾经怎样艰苦创业！

终于要走了。

我们沿吊桥回到拖轮，这才发现拖轮上的所有工作人员都并没有跟随我们参观平台。你们都看过了吧？我猜测说。不，我们都没参观

过。他们憨厚地回答。唔，那是你们不愿意上去看看了。不！不！他们连连摇头，平台上的纪律很严格，没有特别批准，是不能上去的。听说女人上过石油平台的，只有江青一个人。

对于这最后一句话，我始终不相信。但石油平台，只有极少的人登上过，我相信这是一个事实。

石油平台与拖轮渐渐分离了。平台上突然涌出了那么多年轻人，向我们招手道别。刚才他们都坚守在各自的岗位上关照那些仪表，现在他们目送我们远去，像黄土高原深处的小村落的孩子们，目送一辆偶然驶过的汽车。

当平台与我们相距一个适当距离的时候，平台粗壮的铁腿与高耸的背甲，使它像一只橙红色的龟。我于是觉得它很像初民们对这个世界最早的解释：天圆地方，浩洋不息，人类在巨龟背负的息壤上，繁衍生长……

大海无垠，人的智慧无垠。

海上石油平台终于浓缩为一个红点，镶嵌在大海尽头，像是海与天孕育成的一颗珍珠。

我看见了钻井，我想，我已看见了一切。

黑奴在这里拍卖

经过十四天的跋涉，我们结束了"非洲之傲"的旅行，抵达坦桑尼亚。乘着火车一点点靠近目的地的感觉，如鸟雀俯冲般欢喜。

周全到骨髓的英式服务，非洲荒原上贯穿天际的彩虹，铁轨边自得其乐的奔跑少年，稀树草原上自由驰骋的百兽生灵……还有世界各地曾会聚在同一列车上的旅人们，都渐渐远去了，只在心底留下无尽的回忆。

对于步履匆匆的旅行者来说，莫要回头。没有来日方长，没有后会有期。一切都是稍纵即逝，难以重蹈。我会在今后漫长的岁月中，咀嚼这段旅行。

在坦桑尼亚国前首都达累斯萨拉姆游览后，坐小飞机到达非洲西海岸的桑给巴尔岛。这个岛最著名的特点，除了盛产香料，就是它曾为非洲黑奴贸易的中转站。

香料之旅自是必不可少的。某一天，当地一黑人壮汉做导游，带我去参观当年的黑奴市场。我私下觉得高大魁伟的男人当导游的很少，此人是个例外。他说自己以前是老师，改行多年了，并说自己是当地最好的导游。

你知道"桑给巴尔"是什么意思吗？高大的汉子露出一口银牙，表情生动地问。

我摇头说不知道。其实也不是一无所知，但我喜欢被人从头教起。从传授的顺序中，也可更清楚哪里是重点。你若是先就表示自己很懂，人家就不好耳提面命地教诲你，有可能遗漏重要信息。我提前做过一点小功课，知道桑给巴尔是"黑色礁石"之意。

你们一定看到过说桑给巴尔是"黑色礁石"的这种说法，它流传很广。黑大汉一语中的，弄得我摇头不是点头也不是，只有默看着他等待下文。

不过它是错误的。桑给巴尔的意思是"黑色的人"。这名字是阿拉伯人给起的，他们从海上登陆，远远地看到了岛，看到岛上有人。那些人是黑色的，他们没有见过这样的人，以为是礁石。就这样，谬误流传至今。

以我的旅游经验，各地的导游都有一些土说法，也许和书本上的知识有所不同，算是一家之言吧。

你们对于黑奴的了解有多少？他令我们走向当年关押黑奴的地牢，看来是个好老师，准备按照我的理解程度因材施教。

我打算最大限度地从他那儿习得当地人对于贩奴贸易的看法，于是说，抱歉啦，我几乎一无所知。他对这个答案似乎很满意，决定对我进行一次彻底的奴隶贸易史扫盲。

我正为自己的小小计策得意，不想他停下了走向奴隶博物馆的脚步，在路旁站定说，你先要把这个三角搞清楚。不然，你就是亲眼看到了奴隶的拍卖所，也会弄不明白到底是怎么回事。

我立刻相信了他当过老师的简历，职业习惯显露无遗。我站好洗耳恭听，在南纬六度炙热的阳光下，在巨大芒果树的树荫底，听一个黑人给我上有关黑奴贸易的重要一课。

他随手捡起了一根树枝，在松软的土地上起笔，说，我要画一个三角形。他抬头看着我，等我回应。

我知道，这种时刻的上佳表现应该是鹦鹉学舌般重复，您要画一个三角形。

对。他很中意，然后用树枝戳地，先在泥上掘出了一个深深的点。在点的斜上端，他又用更大的力气刺了另一个点……现在，热带潮湿的土壤上，有了两个相距很远的点。大汉用树枝点着第二个点，说，这就是欧洲的港口，可以是利物浦，可以是布里斯托尔，也可以是里斯本……总之，可以是葡萄牙、西班牙、英国、法国、荷兰等国的任何一个港口。货轮在这里装上货物，通常是廉价的日用品，比如酒和棉织物，当然还有必不可少的两样东西，那就是枪支和弹药。为什么说它们必不可少，请不要着急，过一会儿我会告诉你。

黑壮汉说完，将手中的树枝用力向下方划动，把第二个点和第一个点连接起来，地上出现了一道深深的沟槽。他使劲顿了一下，说，这就是欧洲人的第一段航线。现在，船到了非洲。喏，这就是非洲。他用力戳第一个点，并把那个点向下开掘，树枝立在那个点上摇摇晃晃，像是匆忙种下的一棵小树。

这是哪里？他指着第一个点提问。

非洲。我回答。

非洲哪里？他继续提问。

我说，非洲的港口。

其实我不知道答案，但思忖这样回答应该大体不错。船只总要停

泊在港口，不可能是内陆。

他说，这个点就是桑给巴尔岛。也许再加上几个地方，比如非洲的黄金海岸等地。不过，最主要的地方，就是我们现在所站之处。

我猛点头，表示明白当年那些满载货物的欧洲商船，已经驶达了脚下的这片土地。

然后他们，就是欧洲人，卸下了他们的货物，载上了新的货物。这货物就是成千上万的非洲黑奴。这一次，他们的目的地很遥远，是美洲的岛屿和大陆。黑壮汉拔出泥土中的树枝，握在手里，树枝开始新的滑动，向另一方向的斜上角。

这是第二程，也叫"中程"，要横渡大西洋，航行很久很久。最后，满载黑奴的货船到达美洲大陆。奴隶船卸下奴隶，像贩卖牲口一样，把黑奴卖给种植园主。这笔生意很红火，船主赚到了大笔贩卖奴隶的钱，他们便用这钱买下糖和烟草，最主要的是买下当地的矿产和金银……他奋力拔起树枝，挥舞着戳下第三个泥点，代表美洲。

我看着地上的两条深壕般翻起的潮湿泥土，想象着这两段航线和三组截然不同的物品。黑大汉接着说，奴隶船载满原料和金银回到欧洲，这就是第三段，被称为"归程"。

说完，他把第三个点和第一个点之间连接起来，于是一个巨大的三角形在芒果树下赫然显现。热带泥土的腐殖气味扑面而来，一条肉色小虫被惊扰，抽搐了一下，惊慌逃窜。

黑大汉说，这种三角航程，每次需要六个月。奴隶贩子一共可以做成三笔买卖。第一笔是用日用品和军火换奴隶，第二笔是用奴隶换钱，第三笔是用钱换到黄金等带回欧洲。平均每一趟三角航行，至少获得百分之三百的利润，最多可以换到百分之一千的利润。这就是臭

名昭著的大西洋三角贸易。

黑大汉说到这里，狠狠地将手中树枝折断丢弃，还在上面踏了一脚，好像它是奴隶船的残骸。我看着地面上的巨大三角，那条肉虫已经不知躲到哪里去了，只剩下翻卷的泥土，在风中颜色渐渐变浅、干燥。

黑大汉指指不远处的印度洋海面，说，由于桑给巴尔岛特殊的地理位置，正好是非洲海岸的中转站，就成了奴隶贩子们最重要的交易中心，他们在这里建造了东非最大的黑奴市场。

老师结束了他的第一节授课，算是课间休息吧，再次启程走向奴隶市场。

气候炎热，或者说这里位于热带，终年都被高温高湿浸淫。街道曲折，古老的阿拉伯式、印度式，还有欧洲巴洛克的建筑杂糅一处，让人生出踟蹰穿行在中世纪的错觉。

你知道是谁最先利用桑给巴尔岛进行奴隶买卖的吗？黑大汉又提问了。

我赶紧捋捋汗水，在头脑中温习刚才习得的知识，说，欧洲人。

黑大汉说，不对。最早进行奴隶贸易的是阿拉伯人。在公元1000年的时候，也就是一千多年前，阿拉伯人每年运进桑给巴尔的黑奴，就已经有一万五千万人左右。

想不到，阿拉伯人是贩卖黑人的鼻祖。

黑大汉又问，你知道欧洲人为什么要贩卖黑奴吗？

我发觉此人真是个严格的老师，喜欢提问。跟着这样的导游走街串巷，你无法东张西望，必得全神贯注地听他讲解，稍有溜号走神就会张口结舌。

我说，百分之一千的利润。

黑大汉说，不错，这桩买卖能赚大钱。但是，有卖的必须先有买的，就是要有需求。16世纪之后，殖民者占据了西印度群岛和美洲大陆，扩张掠夺，需要大量的劳工。当然，最方便的就是驱使当地的土著为奴。在三四百年前，生产技术非常落后，没有什么机械化设备可以使用，一切都靠人的双手。土著的奴隶数量有限，加上殖民者的屠杀和带来了肆虐欧洲的天花等传染病，当地人大量死亡，奴隶就不够用了。殖民占领者圈地越来越大，面积广阔的种植园要种要收，新开的矿井也急需工人，到处都闹人手短缺。到哪里找工人呢？殖民者若是从本国运送劳动力来，需要极大的成本。欧洲人后来发现，非洲黑人更适宜热带环境和繁重的田间劳动，一个黑人奴隶差不多能抵得上四个印第安人干活。他们决定从非洲运黑人到美洲殖民地，称黑人为"人形牲口"。

我不解道，白人殖民者打这种如意算盘，符合他们的强盗逻辑。但他们远道来到非洲，毕竟是少数派，黑人是土生土长的原住民，遍地皆是，哪里是他们想抓就抓、想运走就能运得走的！

黑大汉点点头，对学生能提出个比较像样的问题，表示满意。

他说，对啊，非洲黑人人多势众，欧洲人再坚船利炮，也是少数。其实，真正在非洲从事买卖黑人生意的，正是黑人。

我大吃一惊，说，你的意思是——黑人自己买卖自己？

黑大汉说，你不要以为黑人肤色是一样的，就是铁板一块。不是的，黑人也分为很多阶层。自开始有黑奴贸易，一部分非洲黑人便参与其中，积极出售自己的同胞。最初的猎奴者的确是欧洲殖民者，他们亲自出马，捕猎黑人。黑人不愿为奴，奋起反抗。在捕猎过程中，

欧洲人贩子被打死打伤，损失不小。欧洲人见势不好，心生一计，改变策略，自己退居幕后，送黑人头领一点儿火药枪支，一点儿廉价的消费品，再加上很少一点儿金钱，就收买了当地黑人头目。黑人酋长冲到了第一线，开始按照殖民者的心意，去捕捉另外部族的同胞，卖给奴隶贩子。这样一来，欧洲猎奴者就安全了，效率也更高了，更加有利可图。1730年，用四码白布或一桶酒，就可以从黑人首领那里换取一个黑奴。要是黑人小孩，价钱就更便宜，只需要一面小镜子就能带走为奴。殖民者把黑奴运到牙买加，从每个人身上可以赚取六十至一百英镑。一本万利啊！殖民者用"以非治非"的计谋，成功地制服了非洲。后来，当英国人决定废除奴隶贸易时，非洲的一些酋长公开表示反对，觉得断了他们的财路。一个酋长说：猫能停止抓老鼠吗？猫直到死嘴里都要叼着老鼠，我就要叼着奴隶死去。

奴隶贸易在非洲风行了几百年。那时候，任何人都有可能被卖掉，也可以捕捉他人，把他人卖掉，并因此发财。为了防止自己被捉住沦为奴隶，人们都不敢单身外出。就算听到有人呼救也不敢前去帮忙，这很可能是个陷阱，为的是诱捕你。混乱中，防身的武器就变得极为重要。可非洲除了弓箭，不出产新式武器。要想得到枪支弹药，保证自己的安全，就得出卖他人，从人贩子那里换得武器。这是个邪恶的怪圈！

黑大汉说着，硕大的黑眼珠白眼球上蒙了一层雾气。我因为没有近距离地看到过一个黑人男子哭泣，所以不敢确认他是否真的要流出眼泪，他的情绪非常激动，千真万确。

我心无旁骛地听讲，连路边的景色都顾不上细看，时常磕磕绊绊险些崴了脚。一路蜿蜒，走到了早年间关押奴隶的地牢旁。一组十分坚固的石质建筑，灰白色，古色古香，表面看起来并不恐怖。

请注意这个小窟窿。黑大汉指了指外墙底部岩石砌成的粗糙石壁。要不随着他的手指，我还真没发现这墙根处留有一砖大小的孔隙。

这就是关押几百名奴隶的地牢唯一的透光处。里面没有灯光，没有窗户，一片黑暗。大汉边走边说，我小心翼翼地跟随着他的脚步，沿着石质台阶，探入地下。

关押黑奴的地牢已经拆除，它的原址改建成了一座教堂。我们即将进入的是仅存的一小部分地牢。里面很黑，可能需要过几分钟，你的眼睛才能看到全貌。大汉头也不回地介绍。

提示非常重要。刚进入地牢，果然一片漆黑，好像浸到了墨鱼汁中，什么也瞅不清。我一个踉跄，险些碰到某个尖锐物的角。过了一会儿，周遭的情形，如同一张渐渐显影的黑白老照片，将当年关押黑奴的地牢细部显现出来。

大约四十平方米大小的房间，高度只有一米五，人必须伛偻着身体。沿着墙壁的两侧，有用石块砌成的铺。如果从铺面算起，距屋顶的高度只有半米多一点儿。两溜儿炕铺中间，留有五十厘米宽的狭长通道。刚才几乎绊倒我的物件，是通道拐角处的石棱。

从非洲各地抓捕来的奴隶，在这里等着被拍卖。接下来，我们会去看拍卖场。现在，请你想想看，奴隶们怎样在此处容身？

狭小幽闭的所在，又脏又黑的石墙上有至深的污痕。虽是盛夏，但空气阴暗潮湿，令人骨缝寒凉。老师的问题不能不回答。如此促狭的环境，实在想不出还有其他任何方式容身。我说，奴隶们在等待拍卖的时候，并排躺在大通铺上。

你错了。黑大汉冷峻地摇摇头。人贩子怎么会让奴隶睡觉？奴隶们是双手被捆，高举过头，蹲在这石铺上。人只有蹲着的时候所占面积最小，双手被捆就不能反抗。这间屋子要关押二百名以上的奴隶。

我匆匆心算了一下，每人只有零点二平方米的安身之处，人挤人蹲踞如弓虾。

黑大汉又问，猜一下这两铺之间的狭长通道干什么用？

我说，走路用。奴隶挤在屋内，总要进出。

黑大汉说，这是条路，不错。奴隶们都被剥去了衣服，赤身裸体的，用铁链锁起来，甚至用铁丝从黑奴的肩胛骨处穿过，拘在这里等待到市场售卖。买卖的时候，黑奴不再是人，而被称为"黑人单位"。一个精装的男人是一个"单位"，一个女子只算零点八个"单位"。时间一到，"单位"们就要从这里走到市场上去供买主挑选。奴隶贩子会像挑选牲口一样，把挑中的奴隶用火红的烙铁在身体上烙上标志，再装上贩奴船。但这条通道日常最主要的用途，是供奴隶们排泄用。为了怕奴隶逃跑，他们绝不能离开地牢一步，双手被捆着，怎么能上厕所？他们就像一排排竖起来的"汤匙"。谁要排泄，就挤到这个通道旁，大小便和呕吐物都倾泻在这里。通道地面上积存着厚厚的污物。

我胃里翻涌，心中壅滞。恶臭隔着数百年的风云直窜脑瓜囟门。那……谁来打扫呢？我忍不住发问。

黑大汉言简意赅地回答：印度洋。

我不得要领，心想，这里虽然离海边不算远，但若是有人提着水桶舀来海水冲刷，那得多少桶！必是惊人的工作量。

黑大汉解释说，此牢房底下有和大海相连的水道。每天大海涨潮时，海水就会漫进来冲刷。退潮的时候，海水会将坑壕里的粪便带走，大体上就干净了。

我说，那如果遇到涨大潮或风暴时，海水骤涨，会不会把炕上的人淹死?

黑大汉说，人贩子才没有那么傻，不会让海水卷上来把能赚钱的货物淹死。当初修建这囚室时，就计算好了潮水能到达的最高水位。既能充分利用海水冲净地面，又不至于把奴隶呛死。

机关算尽，处心积虑的奴隶贩子，多么狡诈周全!尽管大海日日冲刷，然而无数粪水沤积，空气中至今还弥漫着腥恶之味。

我说，奴隶们在这样的环境里，非常容易染病甚至死亡。

那当然。黑大汉说。不过，奴隶贩子们并不害怕奴隶们死亡。他们甚至特地折磨奴隶们，让身体虚弱的早点儿死去。体质不好的奴隶，到目的地也卖不出好价钱。奴隶贩子要给奴隶们提供最基本的饮食，这是有成本的。如果禁不住折磨到后来才死，加大了成本。早点儿淘汰老弱病残，是人贩子的策略。

这时，我们已踉踉跄跄地走出了地下黑牢。屋外是高达四十摄氏度的气温，但仍无法蒸走我骨髓中的冰寒。

走到一方形底坑处，广数十平方米，深约两米，像是挖了一半尚未封顶的菜窖。方坑里有五座奴隶雕像，脖子上都套着铁链子，拴在一起。黑大汉介绍说，这景

象就是当年奴隶们从非洲内陆到桑岛跋涉时的真实写照。雕像三男两女，我一眼看去长相都差不多，但黑大汉说他可以看出其中的细微差别，分属于内陆不同的部族。地域虽然不同，但殊途同归，奴隶们都被铁链套在一起向桑给巴尔岛驱赶，命途多舛。

你知道他们要这样被拴着走多远、走多久才能到达桑给巴尔？黑大汉说着，黑白分明的大眼珠子眺望远方，好像那里有一队队奴隶蹒跚走过。

这个我可真答不出来。

他们要走七八十天，一千多千米。黑大汉仰天长叹。早年间有一些在东非修铁路的印度工人，住处常常遭到狮子的攻击。人们很奇怪，通常非洲狮并不以人类作为主要食物，这些狮子为什么如此怪异？后来才发现，修铁路的路线，正是当年押解奴隶们走向桑给巴尔的必经之地。奴隶贩子经常把生病的奴隶丢弃在路边，被狮群噬咬而死。于是，这里的狮子从此养成了大啖活人肉的习惯。

通过言谈和他的表情，我发觉黑大汉对黑奴的感情特别深，似乎超过了职业解说员的范畴，心中一个问号缓缓升起。还没等我发问，黑大汉接着说，我知道你现在心中想的是什么。

我吓了一跳，心想，我的内心活动真的表现在脸上，被异国异族的人猜出？

黑大汉接着说，你现在一定特别想去看看拍卖奴隶们的拍卖市场，还有奴隶拍卖台。

哦，我松了一口气。说，是的，在电影里常常看到奴隶拍卖台。

黑大汉说，你知道吗？拍卖奴隶是从鞭子抽打开始的。

我说，我知道，这是怕奴隶们不服，威吓他们不得逃跑。

黑大汉说，你说的都对，有这些原因。不过鞭打最主要的功能，是给奴隶们定身价。

我大不解，问，鞭打如何定身价？

黑大汉说，人贩子用黑木树条狠狠抽打奴隶。关于黑木，我猜，你到非洲来之前，你的朋友们一定嘱咐你要带一些黑木雕回去，对吧？

我点点头。黑木雕，是每个知道我要去非洲的人，在疟疾之后，第一个想起来的非洲物产。

黑大汉说，黑木树很沉，黑木枝干做成的鞭子，打人最疼。奴隶贩子专用黑木鞭子抽打奴隶，一下一下狠狠地打。一鞭子就被打得号叫的奴隶，马上被淘汰，没有人会出价买这种货色。如果抽了十鞭子，不哭也不躲避的，就会卖出一个好价钱。如果打到了二十鞭子，那奴隶还是一声不吭，价钱就会比十鞭子卖出的奴隶高两倍。这么说吧，奴隶能够忍受的鞭子数越多，就说明其身体素质越好，身价也会越高……

听到这里，我忍不住打断他的话说，等一等，那我不愿意远涉重洋到美洲去，只要在抽第一鞭子的时候就哭泣，是不是就可以逃过这一劫？

黑大汉充满怜悯地摇摇头，估计认定我就是当奴隶，一定也是最笨的那一个。他说，你开头说得不错，拍卖时没有人买的奴隶，不会乘上航渡大西洋的奴隶船。但是，你后面想的就大错特错了。哭泣的奴隶会被奴隶贩子押回咱们刚才到过的地牢，没吃没喝地等着几天后的下一场拍卖。然后押上台，继续挨鞭子，看你什么时候哭。如果你马上又哭了，还是卖不掉，就再次押回地牢。这样用不了几回合，你

就会活活地饿死，尸身随着下水道冲入印度洋。

我半天不语，想象着自己死在沤满粪便的狭长窄道里。

拍卖台在哪里？我催促他，以中断自己脑海中的恐怖画面。

拍卖台已经不在了，被拆毁了。桑给巴尔也不愿人们总是记得这段历史。黑大汉说。

你是桑给巴尔人？我问。

他点点头，是，很多辈子之前就是了。

我刚想提出我的疑问，他继续说，奴隶们被售卖后，就开始刚才咱们说过的三角航程第二程。他们被木枷和锁链拴牢，要在海上航行一个半月到两个月时间。这条穿越大西洋的海路被称为"死亡航线"。为了赚取更多的利润，奴隶贩子最大限度地利用船上的空间。所有的运奴船都超载，九十吨的船载运三百九十名奴隶，一百吨的船就载运四百多名奴隶。每个奴隶在船上能分得的空间有多大呢？只有五点五英尺长、十六英寸宽。

我赶快心算。五点五英尺，大约合一点六七米，十六英寸，只有四十点六厘米。多么狭小的空间，人挤得像带鱼。

黑大汉继续说，在船上，奴隶们一个挤着一个，躺的地方比棺材还小。他们完全没有自由，两人并肩锁在一起，右腿对左腿，右手对左手。空气污浊，饮食恶劣，淡水供应极度匮乏。由于船舱拥挤、潮湿，天花、痢疾、眼炎等传染病肆意流行。密闭的船舱空气闭塞，很多奴隶被活活闷死。

奴隶病了怎么办？我以前当过医生，对人们的病痛格外敏感。

黑奴得了病，就会被抛入大海，葬身鱼腹。黑大汉说。

我后来查了资料，1874 年，有条"戎号"贩奴船，一次就把一百三十二个患病的奴隶抛入大海。被丢入大海的并不仅仅是患病的黑奴。如果谁敢于反抗或不听从奴隶贩子的指令，贩子们就会在大西洋上施加凶残的惩罚。鞭打算最轻的，砍头、挖心、断其手足、用绳索活活勒死，都是家常便饭。约有近一半的奴隶在途中死去。深不见底、一望无际的大西洋幽黑海水，不知掩埋了多少黑奴的尸骸！即使他们变成了森然白骨，也还是被锁链紧扣！

在长达四个多世纪的时间里，奴隶成为非洲可供输出的"单一作物"，贩运奴隶成为非洲、欧洲和美洲之间规模最大、赚钱最多的行业。黑人背井离乡，漂洋过海，在捕获、掠奴战争及贩运途中死去。每运到美洲一个奴隶，就要有五个奴隶死在追捕和贩运途中。这样算来，在捕捉和贩运中死去的黑奴人数，起码为实际卖到美洲黑奴人数的五倍。近代殖民主义的入侵打乱了非洲正常的社会发展进程，四百年中，共有两亿多非洲黑人惨遭此劫。那时人们整天提心吊胆，活过今天，不知明天是否还能见到太阳升起。一旦被捕捉，马上就被套上枷锁赶到集市上拍卖，完全丧失了人的尊严。马克思曾指出，非洲变成商业性猎获黑人的场所，是资本原始积累的主要因素之一，标志着资本主义生产时代的开端。黑奴贸易以及美洲的黑人奴隶制，又为欧美的工业革命积累了大量资金。可以这样说，资本主义的萌发从头到脚都沾满了非洲人民的鲜血。

看当今的欧美发达国家，享受着现代文明的生活，处处莺歌燕舞、花团锦簇。它们的资本原始积累的完成和资本主义工商业的发展，是建筑在非洲人民的巨大牺牲之上，是违背人类最基本的道德准则的。

黑奴贸易为欧洲殖民者筑起了花园一般美丽的城市，带来了经济

的大繁荣，却把无尽的悲怆与凄怆留在了非洲故乡。非洲的社会经济生活遭此空前浩劫，百业萧条，人口锐减，文明衰落，经济倒退，田野荒芜，元气大伤。非洲变得脆弱和不堪一击，对外来侵略缺乏抵抗力。殖民者用"以非制非"的政策，拉开了非洲人打非洲人的序幕。非洲不仅在政治上失去了独立，在经济上畸形落后，也导致非洲部族间严重地互不信任，仇恨和相互争斗频仍，动不动就大打出手，甚至血流成河。

虽然说奴隶贸易现在已经终止，但它给非洲人民造成的心理上的重大创伤远远没有愈合。历史的遗恨仍在作祟，阻碍着非洲的团结和繁荣。

比如卢旺达的大屠杀。1994 年 4 月 6 日晚，卢旺达总统哈比亚利马纳和布隆迪总统恩塔里亚米拉在赴坦桑尼亚首都出席关于地区和平的首脑会议后，同机返回卢旺达的首都基加利。飞机在机场降落时坠毁，两位总统和机上随行人员全部遇难。到底谁是凶手？事发后，胡图族和图西族两大部族互相猜疑，局势急剧恶化。胡图族组成的总统卫队绑架并杀害了图西族的总理和三名部长，同时组建了临时政府。之后，图西族反政府武装"爱国阵线"向首都进军。内战爆发，两派武装在前线激烈厮杀，胡图族极端分子在全国范围内大肆残杀图西族和胡图族温和派，实行种族灭绝政策。

胡图族和图西族是卢旺达的两大部族，分别占全国总人口的百分之八十五和百分之十四。在欧洲人来之前，胡图、图西两个部族之间并没有什么矛盾。殖民主义者在卢旺达两大部族之间轮番制造矛盾，坐山观虎斗，埋下两家不和的种子。20世纪60年代以前，图西族占据统治地位，拥有绝大部分土地。1959年，胡图族掌了权，对土地进行重新分配，许多图西族贵族只好逃往邻国。部族之间开始仇杀，矛盾进一步加深，直到酿成人间惨剧，短短百日之内，近百万无辜者被残酷杀害，两百多万难民逃往国外，另有两百多万人流离失所。

殖民贸易遗留下的恶果，不知何时才能在非洲大陆上荡涤一清！

我找到了一个贩奴贸易的黑名单，根据贩卖人口的规模排序依次是：

葡萄牙

英国

法国

西班牙

荷兰

美国

这是应该刻在历史耻辱柱上的名字。

中国从来没有参与过贩卖黑奴的勾当，这是中国和非洲建立良好关系的先天友善条件。但中国人对非洲黑人的认识，也曾非常无知。

在康有为的《大同书》里，记载了他第一次遇见黑人时的感受："然黑人之神，腥不可闻。故大同之世，白人黄人，才能形状，相去不远，可以平等。其黑人之形状也，铁面银牙，斜额如猪，直视如

牛，满胸长毛，手足深黑，蠢若羊豕，望之生畏。"那么，如何对待这些黑人呢？康有为开出的方子是："其棕黑人有性情太恶，或有疾者，医者引其断嗣之药，以绝其种。"

太偏颇了。

在桑给巴尔岛，海风习习，风景如画，但我始终内心冷得皱成一团。我目睹了人类近代史上，人与人之间最可耻、最卑劣的一页。

终于到了要和黑大汉分别的那一刻。我终于把心中久藏的疑问抛出。有一个问题，不知道可不可以问，对不起，可能会涉及您的隐私。

他把一侧的黑色浓眉扬了扬，说，没问题，你问吧，欧美的那套礼仪，我们可以不遵守。

我说，我觉得您对黑奴被贩卖这段历史，了解非常深入。我总感到除了这是您的工作职责以外，好像还包含另外的因素。谢谢您的渊博知识和对黑人的深厚感情。我想知道，这背后可还有点儿什么缘由？

他笑了笑，雪白的牙齿在热带阳光下闪烁，好像宽厚的唇里驶着一辆白色汽车。他说，我的祖先就是从非洲内地被贩卖到桑给巴尔岛的黑奴。他不愿远离家乡被埋葬在深海波涛或遥不可知的美洲旷野，就千方百计地逃出了黑牢。我不知道他忍受了多少苦难，东躲西藏最后总算留在了桑给巴尔岛上。所以，我是一个被贩卖过的黑奴的后代。

第二辑

温暖的青春
点燃岁月的蓓蕾

有很多东西，
当你不懂的时候，
你还年轻；
当你懂了以后，
你已年老。
你只需要努力，
剩下的交给时光。

到西藏去

　　小小的年纪，告别了父母，到一个遥远而陌生的地方去，本应该是很伤心的。妈妈到火车站送我的时候，险些哭了。但我心中充满了快乐，到西部去，到高原去，真是一次空前的冒险啊！

　　从北京坐上火车，一直向西向西。窗外的景色，由密集的村落，演变成空旷的荒野。气候越来越干燥，人烟越来越稀少，绿色逐渐被荒凉的戈壁滩所代替。三天三夜之后，我们这群女孩子到达了新疆的乌鲁木齐。在这里要进行最后的体检，才能决定谁可以到海拔五千米以上的西藏去。

　　我的身体一向很好，但这次医生说我的小便化验不正常，要是过几天复查还不合格的话，就要把我退回北京。

　　这不是"出师未捷身先死"吗？我的探险还没有开始，难道就要这么狼狈地打道回府啦？

　　我一定要想出一个办法！

　　我的目光停留在一个同我最要好的女孩子身上。

　　我悄悄地把她扯到一个僻静的地方，对着她的耳朵说："你说，我们是不是好朋友啊？"

她说："当然是啦。你怎么想起问这个不成问题的问题？"

我说："既然是好朋友，我向你借一样东西，你一定是借的啦？"

她一扭头嚷起来："什么东西呀？咱们的东西都是统一发的，我有的，你都有啊！"

我一把捂住她的嘴说："干吗这么大声？是不是太小气不想借给我？实话说吧，我跟你借的这样东西，对你是一点用处都没有的，但对我的好处就大了！"

她说："那是什么宝贝呀？"

我说："是尿啊！"

我把我的打算告诉她，复查的时候把她的尿当成我的标本送上去。她刚开始吓了一跳，然后，很犹豫地说："这不是骗人吗？"我说："要是我复查不合格，到不了西藏，被退回北京，我们俩就再也见不到面了，更甭提做朋友了。"她想了想，答应了。

好不容易挨到了复查的那一天，没想到是通知我一个人单独到医院的检查科去。在卫生间里，我拈着盛标本的小瓶子，急得直掉泪。我真想到水龙头那儿，接一点自来水送上去，或者干脆把眼泪送上去化验，那就绝对没问题了。可是，我不敢。你想啊，化验员用的是显微镜，还不一下子就发现了我的花招？万般无奈之中，只好把自己的"标本"交上去了。

等待结果的日子，我和我的好朋友都充满了悲哀，以为我们必定分手了。

不可思议的是，这一次的化验结果完全正常。

我终于和我的好朋友一道，踏上了遥远的奔赴西藏的道路。

我们告别了乌鲁木齐，在广阔的戈壁滩与高原上坐了整整十二天

的汽车，到达了白雪皑皑的世界屋脊。我在那里待了十年。

后来，我把这一段有惊无险的遭遇和我的计谋，讲给一位老医生听，口气中充满了得意。没想到他皱着眉说："幸好你本身的体检合格了。要知道，西藏高原缺氧，氧气只有海平面的一半。要是你的小便有问题，就说明你的肾脏有问题；要是你的肾脏真的有病，又用别人的标本蒙混过关，那是很危险的。"

我承认他的话很对，但也仍旧很佩服当年那两个十几岁的少女，我们为了友谊和理想，真是很勇敢呢！而且不服气地想，西藏人的肾脏，就个个都是铁打的了？我在高原见过不少肾脏有病的人，活得也很快乐啊！

绿色皮诺曹

　　我从小就很想当兵，最主要的动机是喜欢绿色。小时候，每逢妈妈要给我买衣服，我就大叫，要绿的。妈妈生起气来，说，你也不看看自己，毛衣毛裤围巾手套都是绿色，再套上一件绿外衣，活像一只青蛙！我低头一瞧，说，哪怕就是像只绿豆蝇，我也还要绿衣服。

　　当兵多好啊！从此，可以名正言顺地一年到头穿绿衣服，再也没人说你一句闲话。可那时候要当女兵也挺难的，想当的人太多了，僧多粥少。听说男兵和女兵的比例是千分之二点五，也就是说，征一千名男兵，才要两个半女兵，简直像空气中的惰性气体。身体检查严格极了，差不多和当女飞行员同样标准。幸好我那时身高一百七十厘米，两眼裸视力二点零还有富余，心、肝、脾、肺、肾全像刚从工厂造出来一样合格，属于特等甲级身体，经过了一轮又一轮的淘汰，终于过五关斩六将，拿到了入伍通知书。

　　我几乎不相信自己的好运气，连连问妈妈，您说，事情到了这个份儿上，还会有令人悲痛的变化吗？

　　妈妈说，不会吧。你就把通知书放在枕头底下，安心睡个好觉。

　　我说，没穿上绿衣服之前，我可放心不下。

妈妈说，要变，你穿上军服还会让你脱下，担心也没有用。解放军应该是说话算话的。

发衣服的时候，穿着五颜六色家常衣服的新兵，排成一队，依次从司务长面前走过。司务长像大商场的成衣售货员，眯起眼睛打量着走过的小伙子和姑娘，大声地说，帽子二号……衣服三号……蹲在一旁的上士，就像老鹰抓小鸡一样，手疾眼快取出相应号码的衣物，把衬衣铺在最下面，其余所有东西都堆在上面，一时间好似平地起了一座绿色的小山，然后麻利地把衬衣的两条袖子抻出来，把它们打个结，怀抱里就塞满了崭新的衣物。领了军衣的人，就快乐地抱着这个绿色的半截人，走进一间密闭的小屋。再走出来的时候，就是一个英姿勃勃的兵了。

好不容易轮到我的时候，司务长目测了一下自言自语说，这个兵啊，长得不合尺寸，穿一号的小，穿特号的又大……

我赶紧说，您甭为难，我要特号的。

司务长说，咦？女孩子都愿意穿得比较秀气，你这个兵倒奇怪。发给你特号的衣服，到时候裤腿踩到脚底下，窝窝囊囊，一不留神摔个大马趴，可别怪我。

我忙说，不怪不怪，绝不找你。我妈说过，衣服是会缩水的，当然是大点好了。裤腿长了可以裁，要是短了，就得自己找布接，多不合算！

司务长说，看不出来，你小小年纪，还挺会过日子的。好吧，依你，给特号。

我欢天喜地地去换衣服，一试之下，特号衣服果然名不虚传，上衣还凑合，裤子好像是给跳高运动员预备的，腿长无比。我把裤脚挽

起来两折，自觉比较利索了，抱着旧衣服正准备从更衣小屋往外走，先换好军衣的一个女孩端详着我说，你像一个打鱼的。

我看了她一眼，屋里光线不好，看不清眉眼，只觉得军装好像是特地比量她身材做的，妥帖极了。我忿忿地说，你的意思是我不像一个兵？

她轻轻笑笑，露出雪白的牙说，你还是像一个兵的，只不过是个邋遢兵。

她的口气很老练，虽然军装同我一样没钉领章，军龄倒好像已有一百年。我没好气地说，兵工厂的人太没有节约观念了，裤子做得这么大，使人穿上像皮诺曹。

她说，皮诺曹是谁？是咱们一块当女兵的吗？我叫小如，你叫什么？

我说，你就叫我小毕好了。咱们就甭理那个姓皮的家伙了，反正三言两语也说不清它的来历，还是讨论这条讨厌的裤子吧。我想把它剪掉一截，哪有剪刀？

小如说，剪了不好，一剪子下去倒是痛快，以后要是觉得短了，或是你再长个儿了，就没法补救了。不到万不得已，还是别干一锤子买卖的事。

我不耐烦了，说，你倒是想得蛮周到，可大道理以后慢慢说，现在要解决的问题是我怎么走出这间房子？

小如笑起来，说，真是个急性子。一条裤子少说要穿一年，可你连这么几分钟时间都不愿等，活该你像那个姓皮的。

想起木偶皮诺曹的狼狈样，我只好安静下来，听小如的主意。

小如不说话，往外走。我说，你干吗去？

她说，我去找司务长借针线。

我忙拦住说，使不得。

小如说，为什么呢？

我苦着脸说，你不知道，我刚才跟司务长夸了口的，说衣服大了和他没关系。现在你去求他，不是太丢我的面子吗！

小如说，你就放心好了。

我竖起耳朵听外面小如和司务长的对话。小如说话的声调带一点乡下口音，但是很甜，好像那种高高的长在地里的玉米秸，清凉而柔韧。她说，司务长，借我一根细细的针，一条长长的线，好吗？

硬邦邦的司务长好像被糖醋过了，声音变得软绵绵，说，针啊有有，只不过又粗又大，你就凑合着使吧，留神别扎了手。只是你要针线干什么？

缝衣服啊。

缝什么衣服？司务长立刻警觉起来。

缝你发给我们的衣服啊。小如很机智地回答。

我发给你们的衣服都是新的，哪里用得着缝？莫不是有什么破损的地方，你拿来，我给你换，然后再找被服厂的人理论。司务长很负责地说。

小如笑笑，说，没那么严重，我只不过是想把衣服改一改。

司务长如临大敌，严肃起来，说，你是新兵，我是老兵，必要的规矩要告诉你。军装是不能任意改的，大家是个统一的整体。

小如不理这一套，说，衣服太肥了，你总不能让我们一甩袖子，就像舞台上唱戏的青衣啊。

司务长嘿嘿笑着说，袖子改得太瘦了，打靶的时候弯不过肘子

来，小心吃鸭蛋。

小如说，鸭蛋多了就腌起来呗，腌得蛋黄流红油，就着馒头吃，香死个人！

司务长说不过小如，就把针线给了小如。小如进了屋，拿过我的裤子，开始飞针走线，一会儿就把裤腿改得熨熨帖帖。我穿上后，举手投足，再不拖泥带水。

我说，小如，谢谢你。

小如说，不必谢，我们乡下的女孩子，从小就要学会使针线，要不长大了，没人娶你做媳妇。

我说，啊呀呀，像你这样的一手好活计，岂不是说媒的要挤破门！像我这样的，只好像个坏橘子一般，剩在筐里没人要了。

小如说，小声点，这种玩笑少开的好。你知道吗？当兵的时候是不准谈恋爱的。

我连忙闭了嘴，要晓得为穿上这套绿衣服，我是多么费尽心机，哪能稀里糊涂地就叫人打发回家了。

等我们走出密闭的小屋时，司务长看了看我的裤子，叹了口气说，你是特号的身子一号的腿。

我听了怒火中烧，这意思不就是我身子长腿短吗？哪个女孩子爱听这种话！我狠狠地瞪了他一眼，可惜司务长正瞧着别的地方，对我的愤怒没反应。不管怎么说，从今天开始，我成为一个真正的兵了。

别给人生
留遗憾

白云剪裁的衣服

　　河莲个矮，像个敦实的土丘。司务长低估了她的胖，给了一套正二号的军装。河莲勉强把自己装了进去，觉得憋得慌，大叫起来，说上衣的第二颗扣子压迫了心脏，喘不过气来。司务长只好给她去换副号衣服。

　　军衣的型号挺奇怪，号数愈大的尺寸愈小。比如正五号衣服，中学生都能穿，但要是正一号，就得一米八以上的个头才撑得起来。当然，这讲的是标准身材，要是你长得比较圆滚，就得穿副号军装。副号的意思，是长度同正号一样，宽窄要肥出许多。女孩子一般都很忌讳副号。你想啊，军装为了行军打仗的方便，本来就宽宽大大，再一"副"，就更没款没型了。但河莲是个敢想敢说的女孩，她才不会为了别人的眼睛，让自己的心肺受委屈。

　　正号军装是大路货，后勤部门保证供应。副号属于稀少品种，司务长颇费了一番心思，恨不能跟后勤部门说河莲胖得像个孕妇，才算领来一套副二号的衣服。

　　试穿之后，河莲大为满意。不仅她的心脏跳动正常，这套衣服还有许多妙不可言的好处。一般衣服都是军绿色，好像夏天的松树林，这种独特的颜色有一个雄赳赳的名字，叫作"国防绿"。河莲的副号却是安宁的黄绿色，好像秋风扫过的草原，温暖而朴素。普通的衣服都是平纹布，河莲的衣服却是"人字呢"的。虽说它不是真正的呢子，只是布的纹路互相交叉，好像一行一排排细密的"人"字，故而得了这样一个考究的名字，但看起来要比平纹布挺括得多。最最重要的是，河莲的军装是四个兜的！

没有当过兵的人，不知道衣兜的重要性。它除了装东西之外，更是一个标志。战士服只在胸前有两个口袋，提升了干部，才能穿有四个口袋的上衣。口袋因此成了某种地位的象征。不过女兵喜欢四个兜的衣服，倒不是势利的缘故。因为胸高，随身又总有些小零碎，比如手绢、钢笔什么的要经常带着，下摆没有兜，只得都塞在胸前，鼓鼓囊囊，像藏了一窝鸽子，显得很不利落。

副号有这么多优越性，大家都去找司务长要求换军装。司务长火了，说没见过这么难缠的兵！婆婆妈妈的，谁要是不想干了，就向后转，回家去，爱穿什么穿什么！

话说到如此凶狠的份儿上，我们只好乖乖地穿正号衣服。河莲独自乐了没几天，发现人字呢也有弊病。洗衣的时候，刚把衣服泡在脸盆里，就有浑黄的汤沁出来。刚开始，河莲以为衣服格外脏，就拼命搓，两个手掌像红萝卜洗了几水之后，正号衣服还像葱叶一般绿，河莲的副号军衣已泛出菜心般的黄。

一天，果平大惊小怪地喊起来，河莲，要是敌机轰炸，第一个阵亡的肯定是你！

我们大吃一惊，不知果平为何发此恶毒咒语。

果平说，你们想啊，我们都有绿色伪装，只有河莲的衣服像经了霜的野草，还不一下就被发现了？

河莲脑子快，立即反驳说，依我看，还不知谁第一个为国捐躯呢！没准正是你们这些国防绿。

所有穿正号军装的都不干了，定要河莲说个清楚。

河莲不慌不忙地说，要是春夏季节开仗，大地一片翠绿，自然你们的衣服是最好的保护色。可要是秋天呢？丰收在望，落叶满地，到处都是金黄，肯定是我的衣服伪装性更好。

大家你看看我，我看看你，不得不承认河莲的话有几分道理，只好自我解嘲道，反正我们也不是敌人的参谋长，谁知道仗哪会儿打？要是春夏开战，河莲你就留在后方做饭。要是秋天开战，河莲你就一个人打冲锋。

河莲也不理我们，只是更起劲地洗军装，盆子里倒进一大堆洗衣粉，激起的泡沫，好像有一百只大螃蟹愤怒地吞云吐雾。她还专拣大太阳当头的日子，在外面晒衣服。这样，没用多长时间，副号不断褪色，最后简直变成白的了。

古代有句俗话叫：男要俏，一身皂；女要俏，一身孝。

关于"皂"到底是什么色，我们争论了好长时间，基本上统一了意见，认定是一种近乎月亮和蓝天混合在一起的颜色。关于"孝"，倒是没有什么争论的，就是医院里没有染上血的棉花颜色了。河莲在黎明的晨光里，背对着太阳走向我们的时候，白衣白裤，好像云彩剪裁做成的军装。

正号们充满嫉妒之心，果平甚至痛下决心，要在一年之内，把自己吃成一个大胖子，明年就可名正言顺地领人字呢副二号了。

看着果平像北京填鸭似的大吃特吃，小如提醒她，人字呢因为染料不过关，属淘汰产品，已经不生产了。河莲领的是库底子，谁知明年会怎样？若是你辛辛苦苦撮成相扑手模样，明年的副号已变成国防绿，你岂不白胖了一回？

果平这才放慢了胡吃海塞的速度。

我问河莲，你把衣服洗得这样白，是否准备冬天打仗的时候，一个人趴在雪地上，阻击敌人？你不要闹个人英雄主义，要知道，冬天的伪装并不难办，只要每个人披上一条白床单，任你火眼金睛也发现不了埋伏。

河莲说，你以为我是孤胆英雄？你不穿这衣服，不知它的毛病。特别不经脏，刚穿一两天，袖口就黑得像套了一圈猴皮筋，抹了机油似的，所以，我就老得洗。

练习匍匐前进，连长一个鱼跃，趴到草丛中，泥土四溅。女孩子虽然酷爱干净，但连长这般身先士卒，也就只好奋不顾身地扑过去，手脚并用，在粗糙的草叶上敏捷地爬行。草汁和着汗水涂抹在脸上，好像流了绿色的血。

所有的人都趴下了，唯有河莲笔直地站在那里。

你为什么不卧倒？连长的好奇更大于震怒，在他当兵若干年的历史中，还从未看到过一个面对命令，敢于不趴下的士兵。

我的衣服颜色浅，趴在这样的泥土里，再也洗不干净了。河莲理直气壮。

是衣服重要还是胜利重要？如果在战场上，你不卧倒，衣服可能始终干净，但你的小命就没有啦！连长声色俱厉。

我是傻子吗？到了打仗的时候，我自然知道生命比衣服更重要。炮声一响，我就像邱少云一样趴在地上，纹丝不动。河莲才不吃他那一套，有板有眼地回答。我们都忍不住笑起来。

连长大怒，认为河莲没有战斗观念，目无上级，给了她一个队前警告。看得出，河莲非常不服，但是有什么办法呢？一个小兵，而且是个新兵，哪里有你说话的份儿！我们顿生兔死狐悲之心，希望自己快快地老起来，满脸皱纹，穿破十套军装，就有了倚老卖老的资格。比如我们的班长，都是通讯部队来的老兵，她们可以自由自在地打闹和嗑瓜子，连长皱皱眉，什么也不敢吭。

由于不断地卧倒，草绿色军装很快变成灰黑，勤快的人隔两天洗一回，勉强保持着衣服的本色。我是个懒虫，心想反正洗了也是脏，不洗也是脏，索性由它脏着好了。好在也不是我一个人不成嘴脸，大家基本上都是暗无天日。

一天连长看到我，咧着嘴说，我从来没有看到过像你这么脏的女兵。

我说，这是节约啊。

连长很奇怪，说，脏衣服比干净的衣服更耐磨吗？我当了这么多年兵，从没听说过。

我说，每天都洗衣服，要用掉多少洗衣粉和肥皂？多少时间？多少力气？搭在铁丝上，水珠会让铁丝生锈，日子久了，铁丝还可能会被压断……只要不洗衣服，这些岂不都省了？

连长第一次听到这种逻辑，气得咻咻喘，可一时也没话好说。但他似乎怀恨在心，在紧接着下来的射击训练中，故意不指导我和河莲。别人托着枪练习瞄准，连长会耐心地趴在旁边，从瞄准镜中观察是否符合要领，矫正有毛病的动作。走到我和河莲身旁，他总是淡淡地说，你们俩还需要辅导啊？都是很见过世面的老兵了，一个知道战斗英雄邱少云，一个是节约模范。到了靶场上，打个优秀是没说的了。

我和河莲苦着脸。多倒霉啊，刚当新兵，就和顶头上司结下冤仇。我使劲打了一下军衣的下襟，好像它是一个有生命的小动物。所有的麻烦，都是衣服惹出来的。当然啦，结果是除了军衣冒出一股尘土以外，疼的还是我的手和肚子。

晚饭后，河莲和我坐在葡萄架下商量，连长这么恨我们，怎么办呢？要不然，我从此不洗衣服，尽快把白军装穿成黑的，连长是不是就会笑口常开？河莲手托着腮帮，好像牙疼般地说。

我没好气地答，做梦吧！我的衣服倒是黑的，可连长还不是耿耿于怀？关键是我们顶撞了他。俗话说，连长连长，半个皇上。咱们再怎么赔着笑脸，也没法挽回影响啦。

河莲倔强地说，你猜连长现在最希望我们干什么？

我把葡萄藤卷曲的须子含在嘴里嚼着，苦涩的清水像小水枪一样滋在舌头上，酸得人打寒战。我说，他最巴望着咱俩在射击场上吃鸭蛋吧。

河莲说，英雄所见略同。我们现在只有用行动证实自己是个好兵。要不，就会被人指着脊梁骨耻笑。

人们多以为爱可以给人以力量，其实，憋着一口气的劲头更是大得可怕。我和河莲从此抓紧一切时间练习瞄准，每天趴在地上，胳膊肘子磨破了皮，脖子上永远淌着几条透明的蚯蚓。口中念念有词，把

射击要领背得像父母的名字一样熟，看到任何物体，想的都是"三点成一线"的口诀。至于军装，再不去理它，脏得简直没法提，活似两个卖炭翁。

连长还是不理我们。好在射击要领也不是他的专利，班长什么的，也可以指导我们。有什么不明白的，我和河莲就自己揣摩，争取自学成才。

实弹射击的时候到了。靶场上的气氛很森严，掩体里等待报靶的士兵戴着亮闪闪的钢盔，在远处神出鬼没。二百米开外的半身胸环靶，在阳光下好似幻影。我不由得紧张，手心像攥了两把糨糊，黏黏糊糊。我看看河莲，她倒一副胸有成竹的模样。我也定了心，心想到了这个关头，你腿肚子发软，只会把事情弄得更糟。索性豁出去，拼个一醉方休。

枪声响起来。我的第一感觉，是它绝没有想象中的响亮，只相当于一个中等二踢脚崩出的动静。对真枪实弹声音的失望，使我的心很快宁静下来。偷眼看看连长，他似乎比我们还要紧张，目光炯炯地注视着一个个进入射位的女兵，每逢射手扣扳机的时候，他颊上的肌肉就会跳动一下，令人猜到他是牙关紧咬。

我打了个"良好"。说不上很理想，但我已殚精竭虑。

河莲平时的眼神不怎么好，没想到九发子弹竟打出了八十六环的优秀成绩，特别是她前八发子弹，居然是发发命中十环，简直是个神枪手。唯一美中不足的是，最后一枪，不知是何差池，江郎才尽，只中了六环。

不管怎么说，河莲为自己大大地挣回了面子。当连长向她走来的时候，我们就直直地盯着连长，看他对这个自己不喜欢但创造出优异成绩的刺头兵，如何反应。

连长仿佛什么事也不曾发生过的样子，对河莲说，要是你最后一枪打得再从容些，就能得满环，也许我会为你报个功呢。可惜了。

河莲刚查完自己的靶纸，不服气地说，我这最后一枪，端端正正地打到了敌人的脑袋瓜上。我看这报靶的环数定得不科学。若打到右胸偏上的位置，按规定就是八环，可谁都知道，那地方离心脏远着呢，并不一定会置人死地。我的这个六环，正中人的太阳穴，明摆着，一枪就能取了人性命。

我们一听，都觉得河莲说得有理，且看连长如何答对。

连长微微一笑说，河莲，没想到你还有一套打不准的理论。可是我问你，瞄准的时候，你瞄的是敌人的脑袋还是敌人的胸脯？

河莲说，连长你这个问题难不倒我。瞄准的要领是准星、缺口和胸环靶的下缘正中呈一条直线，当然是胸脯了……

连长用一个坚决的手势，制止了河莲略带卖弄的背诵。他可不想听一个新兵，把自己烂熟于心的拿手好戏，再演练一遍。好了，你既然瞄准的是敌人的肚子，结果子弹却打到了头上，就算敌人躺倒了，也是瞎猫碰到了死耗子，没什么可吹的。很可能下次你瞄的是敌人的天灵盖，打到的却是脚指头。连长说。

大家笑起来。我真替河莲抱不平，但连长的话驳不倒。可怜河莲本是功高盖世的英豪，此刻倒成了大家的笑料。

实弹训练结束后，有两天的休整。我和河莲把自己的军衣都洗了，天啊，水黑如墨，沉淀了半盆的泥沙。看见我泼水的人直嚷：快去叫老农！这样的肥水，可以浇二亩好地。

我们耐心地等着太阳把湿军装晒干。洁净的衣服重新穿在身上的时候，令人有一种脱胎换骨的感觉。你看看我，我看看你，好像不认识似的。我的军装绿如橄榄，河莲的衣服恢复了白云的颜色。

　　连长走过来说，现在这个样子吗，我这个当连长的也面子上有光。不管怎么说，你俩是我带过的最邋遢最不听话的新兵了。不过，幸好还不算太笨。

葵花之最

二十年前的那个春天，我是在昆仑山上度过的。

昆仑山其实只有一个季节——冬天，春节过后那段漫长而寒冷的日子被称之为春天，这是我们这帮小女兵从平原家中带来的习惯。

快到"五一"了，冰封的道路渐渐开通，春节慰问品运到了。五颜六色来自五湖四海的慰问袋最受欢迎。小伙子们希望从绣着花的漂亮布袋里，摸出一双精致的鞋垫，做一个浪漫的梦。姑娘们没有这份心思，只想找点稀罕的吃食，打打牙祭。整整一个冬天，除了脱水菜和军用罐头，没有见过绿色。可惜，关山重重，山路迢迢，花生走了油，瓜子变哈喇，沙枣颠成粉末，面粉烙的小馃子像出土文物……

突然闻到一股奇异的清香。

那是一个绣着黄色"八一"和红色五星的小白口袋。针脚毛茸茸的，绣活手艺不高，想必出自一个笨手笨脚的胖姑娘。

打开一看，是一袋葵花籽。颗颗像小炮弹一样结实，饱满得可爱。我们每人抢了一把，一尝，竟是生的。葵花籽中埋着一封信。

"敬爱的解放军叔叔们……"

信是从广东省湛江市第二小学发出的。

我们趴在地图上找。唔，湛江，好远！那里是亚热带，一个很热的地方。

孩子们请求解放军叔叔们，把他们精心挑选出的葵花种子，种在祖国的边防线上。

我们把手中的葵花籽放回布袋。那清香，是阳光、土地和绿色植物的芬芳。

昆仑山咆哮的暴风雪，伴随我们进行讨论。

为什么只写给解放军叔叔？边防线上也有解放军阿姨呀。

在国境线上种葵花，多美妙的想法！每当葵花开放的时候，我们将有一条金色的国境线。

这根本不可能！昆仑山是世界第三极，雪线上连草都不长，还能开葵花？！

我们都默不作声了，只听见屋外风在嘶鸣。

大家决定由我给孩子们回一封信，就说葵花籽是解放军阿姨们收到的。只是这里很冷很冷……

昆仑山的"夏天"到了。

信早已写好，却终于没有发出。我们大着胆子，把葵花籽种在院子里。

人们都说活不了，却天天跑来看，松土施肥。

葵花发芽了。先探出两片嫩黄的叶子，像试探风向的小手掌，肥厚而天真。然后舒展腰肢，前仰后合生机盎然地长大起来。

昆仑山默默地认可了这些来自亚热带的绿色幼苗，就像它认可了我们一样。

然而，我们高兴得太早了。不知道该算是上个冬天最迟、还是下个冬天最早的一股冷风，冻死了绝大部分葵花。

奇迹般地保存下一棵幼苗。它并不是最强壮的，也许因为近旁有一块大石头。受到启发，我们用石头为葵花围起一圈不透风的篱笆。

现在，我们每天趴在石头围墙上看葵花，不知道的人，以为里面养着活蹦乱跳的小生灵。

这棵幸运的葵花，一往情深地看着太阳，勇敢地展开桃形的枝叶。茎上纤巧的绒毛，像蜜蜂翅膀一样，在寒风中抖个不停。也许它感到了昆仑山喜怒无常的威严，急匆匆地压缩自己生命的历程，才长到一尺高，就萌出了纽扣大的花蕾，压得最高处的茎叶微微下垂，好像惭愧自己为什么不长得更高一些。

那一年没有秋天，寒凝一切的风雪，毫无先兆地骤然降临。早上起来，天地一片苍茫，我们几乎是跌跌撞撞扑向葵花。

石围墙也被飓风吹得四散飘去，向日葵却凝然不动地站立在那里，在冰雕玉琢的莹白之中，保持着凄清的翠绿。叶片傲然舒展，像一面面玻璃做的旗，发出环佩般的叮当之声。最不可思议的是，在它生命的最后一刻，居然绽开一朵明艳的花。那花盘只有五分硬币那么大，薄而平整，冰雪凝冻其上，像一块光滑的表蒙子，刚分裂出的葵花籽还未成熟，像丝丝柳絮一样优雅地弯曲着，沁出极轻淡的紫色。最令人警醒的是，花盘四周弹射出密集的黄色花瓣，箭头一般怒放着，像一颗永不泯灭的星。

向日葵身上的冰花越结越厚，最后凝固成一方柱形的冰晶。

广东省湛江市第二小学当年的孩子们，但愿不要看到我这篇小文。愿他们心中永存一条盛开葵花的金色国境。

假如有一天，我能重回昆仑山。在两座最高的山峰中间，有一块只有我们才知道的地方。在深深的永冻土层之下，有一方冰清玉洁的水晶，水晶中有一朵美丽绝伦的花，宛若雏菊半仰着脸，灿然微笑着……

我不知道它是不是世界上最小的葵花，但我知道它是世界上最高的葵花。

惊险的炉子

高原奇冷，一年要生九个月的炉子。因为氧气少，一般的煤很容易熄灭，就要烧焦炭。

焦炭是一种银灰色的固体，是煤经过高温干馏后生成的，闪着清冷的金属光泽。它从遥远的平原运上山，走了很远的路。听人说，加上运费，一斤焦炭的价钱比一斤白面还贵。所以，烧焦炭的时候，就有一种烧钱币的感觉。焦炭也有缺点，它燃烧的时间虽比煤长，但很不容易点燃，每块充满小孔的焦炭都像石头一样阴沉着脸，不愿把自己辛苦积攒起来的热量释放出来供人们享用。于是，每次生炉子就成了一个难题。

小如生炉子的手艺最好了，她先把干柴劈成比火柴粗不了多少的细棍，像喜鹊搭窝一样架在炉膛里；柴下面塞着一团松软干燥的纸，充当引煤，再在柴火上面铺满了核桃大小的焦炭。炭的体积很重要，太小了，彼此间没有缝隙，就会把火苗憋死；太大了，柴火来不及把焦炭引着，自己就先烧光了，前功尽弃。

小如把一切都准备好以后，就把炉门紧紧地关闭，炉盖也扣得严丝合缝，再用一只大铁壶镇在炉台上，好像炉膛里禁闭着一个妖怪。

然后，她匍匐在地，往炉底出炉灰的小口塞进一根火柴，像小偷一样蹑手蹑脚地把炉火点燃，炉子就发出柔和的风声，伴以极轻微的爆裂声……

我们焦急地等待着，很想看炉膛里的情形究竟怎样。但小如像个卫士似的守着炉子，说："不能看，一看三不着。"

我们恨恨地说："又不是什么宝贝，看看还能化成水啊？"

小如慢声细语地说："你们见过蒸馒头吧，没熟的时候是不能看的，一看跑了气，冷风灌进去，馒头夹生了，就再也蒸不熟了。刚点燃的炉子就像婴儿一样软弱，一看，它就不肯着了。"

面对这样富有人情味的点火者，你能有什么法子？只好乖乖地耐着性子等待了。

炉子像绵羊一样听小如的话，虽然我们看不到里面的火焰，但周围的空气不可遏制地温暖起来，炉膛射出看不见的红光，把我们的脸烤得红热如花。

我对小如的本领又羡慕又不服气。有一次，小如不在的时候，炉子熄灭了，整个房间冰冷如窖。大家发愁地说："小如要是再不回来，我们的血就要结冰了。"

我说："让我来试试。"大家抱着死马当活马医的想法，就同意了。

一切都是按小如在时的样子操作。我也严格地执行纪律，谁也不准看。我们静静地等了一个小时，手都冻僵了，炉子还是大智若愚地沉默着。我终于忍不住了，一把掀开炉盖。只见满膛的焦炭像严肃的眼睛，漠然地注视着我们，没有一点发红发热的意思，甚至连最下面的柴火都没有燃烧。

我气得不行，说："它们不肯着，我们泼一点汽油，看它们还能这样一声不吭？！"

大家都说这是一个好法子，分头行动，一会儿就搞来了一大罐头盒汽油。

由我动手，从炉口自上而下，把汽油泼了个痛快。每一块焦炭都黑黝黝的像宝石一样泛着蓝光，柴火也油汪汪的好像浸满松脂。

我兴致勃勃地划了一根火柴，从敞开的炉盖丢进膛里。

只听"砰"的一声巨响，炉子与烟囱的交界处裂开了一个大豁口，一个橙红色的火球蹿天而起，大股的浓烟像手榴弹爆炸似的咆哮而出，飞舞的火舌像一种奇怪的植物四处翻卷着叶子……

我们惊恐万状地退踞墙角，被烟尘呛得鼻涕眼泪一齐流。

小如恰好这时回来了，拉着我们逃到院子里。"这是谁的主意啊？"她就是发脾气的时候也是细声细气的。

我惭愧地说："是我，没想到汽油这么厉害。"

小如说："汽油燃烧的时候，体积一下子会膨胀好多倍，幸好你没盖炉盖，要是捂得太严密了，炉子会爆炸的。所以，不能用汽油来生炉子，你可一定要记住啊！"

我说："记住了。可是我不明白，我的一切步骤都跟你是一样的，为什么就生不着炉子呢？"

这时屋里的烟雾已经慢慢消散，小如牵着我的手走进来，细细地查看黑黝黝的炉子，过了一会儿，她问："你是不是放了许多引火的纸啊？"

我说："是啊，纸放得多，才能引燃柴火嘛！"

小如轻轻一笑说："问题就出在这里了。你放的纸太多了，燃烧的纸尘把炉箅子通气的通道都堵死了，就像人被捏住了气管，炉子自然点不着了。"

我真是哭笑不得，一个铁皮炉子，居然比人还娇气。

后来，我跟小如学会了生炉子，成了除她以外的第二位好手。有一次，我生的炉子，整整八个月的时间没熄灭，也算创了昆仑山上一个小小的纪录呢!

昆仑之吃

谈吃的文章，多半是讲某时某地有某种特殊的吃食或吃法，但我要写的昆仑山之吃，却是普通的东西普通的吃法，只因了海拔高的缘故，那留在记忆中的味道，便永生永世找不到伴侣。

二十多年前，我在喀喇昆仑山、喜马拉雅山和冈底斯山交汇的藏北高原当兵。如果把高原比作世界屋脊，我们所在的地方就要算屋脊上吻兽所处的位置，奇异而险峻。从山底下运来的蔬菜，被冰雪冻得像翡翠雕成的艺术品，用手指一碰，发出玻璃一样清脆的声响。给养部门在进行了若干次不成功的尝试之后，终于放弃了给我们运输鲜菜的打算，从此我们天长日久地与脱水菜为友，别无选择。

脱水菜无以辩驳地证明了一个真理：有些东西失去了便永远不能挽回。脱水菜失去的是普普通通的水，但你无论再给它多么充足的水，它都不能再恢复到原来的性状，依旧像柴禾一样干涩难咽。

最常用的食谱是脱水菜炒肉。平心而论，60年代末70年代初期，全国副食供应匮乏，但昆仑山上的肉食始终很充足。雪白的猪皮上扣着紫蓝色的徽章，标明产地。记得一次炊事班长一菜勺把一块紫色肉皮盛到我碗里，那戳证是紫药水打上的，可以食用，虽然煎炒，仍鲜

艳灼目。我仔细端详了一下，认出"郑州"两个字，一张嘴，就把河南的省会咽到肚子里去了。以后记得还吃过几座城市，比如四川的绵阳、河北的石家庄。

山上也养猪。刚开始是从山下运上来仔猪。猪娃的高原反应比人还严重，它们又不懂事，身上难受，不像人似的知道安静卧床，反倒乱蹦乱跳，很快就口吐血沫，患高山肺水肿死去了。炊事班长每天看着泔水白白扔掉，心疼得不行，立志要在高原上养猪成功。后来，他托人从国境线那边换回来小猪崽，据说是印度种，山地适应性极好。小猪刚断奶，不爱吃食，他就冲了奶粉喂猪。顺便说一句，山上那时奶粉很多，从农村入伍的战士都不爱喝，说没有苞米面糊糊好喝，便眼睁睁地看着奶粉过期。印度猪很适应高原气候，很快长成一只大猪。山上气候恶劣，人们食欲很差，剩饭菜多，印度猪最后肥得肚皮耷拉下来擦着地，皮都磨破了。炊事班长便把它赶到卫生科的外科治疗室，叫护士给猪包扎一下伤口。猪便拖着粘着白纱布的肚子，在营区内悠闲地散步。

炊事班长对印度猪这么有感情，我们猜他一定舍不得杀它。"八一"的前一天，炊事班长却手起刀落，飞快地把印度猪给宰了。大家都问炊事班长怎么舍得，炊事班长奇怪地反问大家：养猪不就是为了吃肉吗！大家都说可惜了可惜了，昆仑山上见个活物不容易，有一头猪每天在外面走一走，也能叫人生出许多遐想，怎么就杀了呢！过了"八一"，大家又都说印度猪的肉不好吃，说从小喝牛奶的猪没有农村里吃糠长大的猪味道好。这只普通的来自印度的黑猪，无论活着还是死后，都使许多年轻的中国士兵想起平原，想起遥远的家乡。

营区附近有一条河，河深丈许，清澈见底。它是著名的印度河的上游，有一个美丽的名字——狮泉河，不知是指狮子像泉水一样地跑过来，还是泉水像狮子一样跑过来。总之这两种意境都美丽而雄奇，让人联想到洁白奔涌的景色。狮泉河使我怀疑一句古老的哲语——水至清则无鱼。狮泉河是高原万古寒冰所融的积水汇合而成，清冽得如同水晶，鱼群繁茂得如同秋天树叶飘落在马路上，有时一片河水被鱼背映得发黑。据老同志说，以前鱼群还要兴盛。汽车沿着河水浅的地方开过去，车轮碾过，便有两道宽宽的鱼带浮起，车辙由碾死的鱼标出。轮到我们戍边的时候，鱼已经没有那么多了，但依然稠密而愚笨。用曲别针弯个鱼钩，用一块生牛肉条挂在曲别针上，甩进河里，不消片刻，鱼就上钩了。

藏北的鱼不知归于哪一属哪一科目，色黑亮如柏油，肉雪白若膏脂。但不知是高原上人的胃口差，还是这鱼本身的问题，大家都不爱吃鱼。星期天的早晨，常有人披了军大衣在狮泉河畔垂钓。钓到了，便把那挣扎着的鱼从曲别针上摘下来，重新丢入沸沸扬扬滚动着的河水中。许多年后，听一位去过西方的朋友讲，那里的文明人类活得多么潇洒，常常把钓到的鱼再甩回湖里，钓鱼不是为了吃，而是为了消遣。我想早在很多年前，因为寂寞，我们也曾达到过这种境界，原来也曾潇洒过一回。

但是在高原上必须吃。吃了才有体力，才能在高原上屹立下去。当年我们的国家很穷，我们不是凭着强大的国力威慑住想更改国界的邻国，而是凭着人——敢在难以生存的险恶之中生存，以证明我们捍卫这块领土的决心。这便有了几分悲壮几分苍凉。我们这些边防军，是活的界碑，把身体养得强壮，便有了非同寻常的意义。

总后勤部给我们发了"六合维生素"，就是把六种维生素混淆在一起压成片剂，每一粒都光滑得像子弹。每天我们都一大把一大把地吞药，仿佛病入膏肓的老人。维生素到底有多大的效力，我不敢妄下结论。只知道在吃着维生素的同时，我们指甲凹陷、齿龈出血、口腔溃疡，头发脱落……对于人，最重要的是空气。因为氧气不足而出现的这一系列麻烦，只有用一分钱都不值的空气才能治疗。可惜，空气在高原是定量的。

为了保证大家吃好，挑选炊事班长的严格不亚于挑选一位军事指挥员。要能吃苦，会动脑筋，还需手巧。

我们的炊事班长是甘肃人。方头，两只眼睛的距离很远，身材高大。当我后来看到挖掘出来的秦始皇兵马俑时，自觉得为班长找到了祖先。

班长扛大米，嘿哟哟，一次能扛两麻袋。一袋一百斤，在高原上扛两袋，简直是找死，可他脸不变色心不跳。班长摇压面机，别人两个人握着摇柄，慢慢悠着劲转，高原偷走了小伙子们的力气，把他们变成举止迟缓的老翁。班长把机器摇得像一架飞速旋转的风车，面页子便像瀑布似的涌垂下来。

班长也很会动脑筋。用高压锅蒸馒头，要先在屉上刷一层油，这样才不粘锅。班长会把蒸锅内的水添得恰到好处，会把四个眼的汽油灶烧得恰到好处，两个恰到好处凑在一处，馒头熟了，水熬干了，高压锅残存的余热，将馒头底子煎得焦黄油润，仿佛北京"都一处"的锅贴。

这项操作是班长的专利。有不服气的炊事员想试一试，结果差点使高压锅像颗鱼雷似的爆炸。

但班长也有很失算的时候。有一次，早上喝藕粉。昆仑山太阳出得晚，做饭时还得点上煤油灯。班长一手持灯，一手掌勺，灯火将他的半边身子映得锈红，另半边还隐没在黑暗之中。他一俯一仰地围着锅台忙碌，将表层的藕粉汤舀出来，撒进泔水桶里。我看到班长奇怪的举动，问他这是在做什么？他长叹了一口气，说藕粉的成色是越来越不行了，看，这里混进了多少草梗！我凑近那灯光，看清飘浮在藕粉中的一小朵一小朵金黄的桂花。原来这是新运上来的桂花藕粉，生在黄土高坡的班长从没见过这种精致的花朵，便以为是异物。

高原上气压低，水不到八十度就开，火候很难掌握。即使是班长挂帅，也常有误饭的事情发生。所以开不开饭，并不是以号声为准，而是看班长的眼色行事。每天到了开饭时间，大家便排着队走到饭厅前，立定，开始唱歌。唱毛主席语录歌、唱"我是一个兵"，等等。通常是三五支歌后，系着白围裙的班长从灶房里钻出来，梧桐叶子一般大的手掌一挥，就解散开饭，大家作鸟兽散了。有一回，不知是出了什么纰漏，我们整整齐齐地列队唱歌，唱了一首又一首，大约过了半个多小时，还不见炊事班长出来挥舞他梧桐叶子一样的大手，大伙都饿得有气无力了。

负责起歌的是一个四川籍小个子兵，他终于卡了壳，再也想不起有什么歌可唱了，说没有歌了，咱们就这么干站着等吃饭吧！大家说，你就随便起个歌吧，不是有那么多革命样板戏唱段吗，你起个头儿，我们一准儿跟你唱就是。小个子兵抖抖嗓子，大声领唱了一句："想那当初，老子的队伍才开张……"

革命样板戏的反复灌输，使我们对每一段唱腔都倒背如流。大家

一听到这熟悉的曲调，不假思索地异口同声地随他引吭高歌起来。于是样板戏的唱段就在冰峰雪岭之间回荡缭绕。

炊事班长像失火一样从灶房里跑出来，大手刀剁斧劈地往下砍，大吼了一声：唱什么唱！开饭啦！

直到这时，许多人还没意识到大家齐声合唱了一段反面人物的唱腔。饥饿终究是世界上最有权威的君王，大家一哄而散了。

后来，听说领导要追查小个子兵的责任。炊事班长晃着眼睛间距很宽的方脑袋说，那天的责任全在他。因为饭开晚了，小个子兵饿糊涂了，完全是昏唱。

因为班长很有人缘，事情就不了了之了。

每天吃中午饭的时候，"解散"的口令一下，最先冲进饭厅的一定是河南兵，像杀敌一样英勇。

河南人大概是最爱吃面食的人。一百斤面粉比一百斤大米要更占地方，运输部队便运来大量的米和少量的面。只有每天早餐恒定是吃馒头，晚上有时吃面条，其余的空白便均由大米所充填。班长在农村是挨过饿的人，最怕做的饭不够大家吃，早上的馒头便总有富余，剩下的中午热了再吃。河南兵就是冲这几个剩馒头去的。班长是个很讲"不患寡而患不均"的人，他觉得馒头总让这几个河南兵抢走了，就是对别人的不公。他没有办法阻止河南兵抢馒头，但他有权力使点小计策让河南兵们的努力失败。米饭是一屉一屉蒸的，他把那几个馒头神出鬼没地分散在各屉里，这样晚到的人也可以在最后一屉的角落里突然发现一个馒头。有一次，真不巧，河南兵因为找不到馒头，只得悻悻地填饱了米饭离开饭厅，馒头突然出现时，在场的人又恰好都是

爱吃米饭的。宝贵的馒头反而像大海中的岛屿一样，孤零零地剩在空屉里了。大家埋怨班长，班长胸有成竹地将剩馒头收起来。晚饭的时候，他把馒头端端地摆在最高一屉。河南兵对馒头的热爱是经得住考验的，他们热烈地欢呼，把剩了两顿的馒头狼吞虎咽地吃光了。

记忆的冰川在岁月的侵蚀下，渐渐崩塌消融。保持着最初的晶莹的往事，已经越来越稀少。班长、四川兵、河南兵们的名字，被我在遥远的人生旅途中遗失，也许永远找不到了。但这些与昆仑之吃有关的片段，却像狮泉河底的卵石，圆润可爱，常常带着高原凛冽的寒气，走入我的月夜。

我已经近二十年没有吃到脱水菜了，有时候还真想再吃一回。

昆仑之喝

"喝"这个字好像被酒给垄断了。只要说到喝，后面就拖着长长的酒尾巴。

其实凡是液体入喉，都算作喝。人一生最大量最平凡的是喝水（听说澳大利亚那地方宽裕地把牛奶当水喝，不在此列）。因为太普通，喝水就成了不值一提的俗事。

但若到了奇特的地方，简单的事变得棘手复杂，就又可以写一写了。

二十多年前我在藏北高原工作。那里是喀喇昆仑山、冈底斯山、喜马拉雅山三头银色公牛抵犄角的角斗场，海拔平均在五千米以上。人们常把青藏高原比作世界屋脊，那我所待的地方就要算屋檐上系风铃的地方了。

我们一年到头穿着厚厚的棉衣，像一群松软的面包。缺氧使大伙干什么都无精打采，高原像小偷盗走了青春的力气。再古怪的是锅里的水不到一百度就沸腾，没有切身体会的人，不知道它的玄妙。

我第一次明了它的确切含义，是看到一个女孩把滚开的水往脚上浇，她在洗脚。我想她的皮还不得跟褪鸡毛似的，脱下一块来？没想到她惬意地甩着水，连说舒服舒服，你也来试试。那水其实只有六十多度，虽说开得哗哗叫，并无平原上沸水的杀伤力。盛名之下，其实难副。

我们每天喝的就是这种六十度的开水。为了节省焦炭（运到山上的焦炭比上好的白面还贵得多呢），由食堂统一烧。吃罢晚饭，大师傅用炊帚把刚炒过菜的大铁锅胡乱刷刷，咣咣倒进几大桶雪水，煮开水的漫长过程就开始了。他总不乐意把锅刷干净，因为小时候家穷，有油星的锅是富足的表现，留着下顿饭接着滋润。

人们提着暖壶，拎着水舀子，麇集灶边。袅袅的水汽从裂了缝的木锅盖升起，好像有一大炷香在锅内燃烧。

需要耐心地等，这个过程大约四十分钟。你不可走远，因为水不多。抢不到水，你就会成为一晚上的撒哈拉大沙漠。水舀子也很重要，像古时做官的印玺，要牢牢掌握在自己人手里。假如水开了，你有壶没有舀水的家伙，岂不急煞人。又不兴随便拿个茶缸就能伸进锅里舀水（你就是把杯子洗了又洗也不成，这就是昆仑山的规矩）。水舀子就那么一两个，有数的，这人用完了给下个人用，好像火炬传递。你要是灌满了自己的暖壶，不把水舀子给紧靠在自己身后排队的人，而是遥相呼应，给了远处跟自家亲近的人，叫他先打上了水，大家嘴上不说什么，心里很鄙视你，就跟今日的以权谋私、裙带风、任人唯亲似的。

水好像不是被灶下的火焰而是被人们焦灼的目光烧开了。那情形像有一条小鱼翔在锅底，渐渐长大。先是搅起轻轻的涟漪，迅即膨胀，直到用尾巴砸出大朵浪花，高原上的开水煮熟了。

这个历程不能撩起盖子看，一看三不开。常有性急的人说，怎

么还不开？不待别人阻拦，"嘭"地把大木头锅盖揪开了。汪着油花的水面像巨大的眸子，凝然不动。他叹口气，重把锅盖像被子似的给水捂严。要等片刻，才会有柔弱的水汽再度溢出。水叫人看了这么一回，就给你推迟两分钟开。要是哪个晚上多碰上几个这样的弟兄，开水就会怠工许久。

其实先舀到开水的人不上算，表面的浮油都被灌进暖瓶里了。这种水在瓶胆里一捂，会泛出熬萝卜般的熏臭，与沏茶极不相宜。

于是要喝茶就自己煮。高原上的人都有硕大的搪瓷缸子，其规模相当于五磅暖瓶的下半截。抓把茶叶扔进缸子里，炖在火炉上，像熬中药似的焖着。高原上的火因为缺氧，永无热情奔放的时候，总是阴险地沉默着，一副紫蓝色忧郁的脸膛。

高原上爱饮浓浓的砖茶。从医学的角度看，老茶叶里茶碱含量高，对人的心脏和呼吸系统有良好的兴奋作用，可以帮助适应缺氧，当是人们喜爱它的主要原因。倘若换了鲜鲜嫩嫩的龙井毛尖，只怕在如此的煎熬下顿失颜色。

高原人也喝酒。到藏族老乡家串门，主人总要敬上青稞酒。青稞酒基本上是无色透明的，并不是想象中的淡绿色。初入口时微甜，像醪糟，但不可小看。据行家们说，这酒后劲大，上头。藏胞淳朴，斟满的银碗高举过头，目光炯炯地注视着你，由不得你不喝。于是一仰脖，很豪爽地把一杯饮净，自觉尽到了心意，把银碗端端正正地放下。

没想到主人以迅雷不及掩耳之势斟满第二杯青稞酒，依样画葫芦，又敬了上来。记着行家们的嘱托，不敢再饮。但主人执意要敬，推推拉拉，大家像在练太极功夫，好不热闹。

后来听翻译说，倒是我错了。若不打算喝了，就在碗底留点酒，主人知道你已尽兴，就随你的意了。像你这样一饮而尽，把酒碗舔了个精光，就是好汉一条豪饮一番的表示了……原来是这样！

工作部门里也喝酒。都是年轻人，逢年过节时，每十人算一席。每席一瓶白酒，多为西凤酒。一瓶果酒，多为樱桃酒。多少年来，这两个品牌永不变换。我想一定是某年某月商店里盲目购货，压在库里，于是年复一年节复一节地总用老面孔犒劳我们。

女孩子们一桌，望着这两瓶液体不知如何是好。西凤为中国十大名酒之一，想来性烈，是断乎不敢喝的。樱桃酒呢？儿时唱过："樱桃好吃树难栽。"心想由那么难成活的树长出的美丽的果子酿造出的酒，准是好喝的。于是我们每人掬了一茶缸底子，黑乎乎的，像是治咳嗽的糖浆。我至今不知那酒是个什么度数，喝到肚里的也只有一墨水瓶那么多（你想啊，十个人分一瓶酒，一个人会有多少？太多了不是多吃多占了吗）。但十分钟后，我就觉得面前的桌子和人都奇怪地漂浮起来，好像脚下是一片水……

我不知道这叫不叫醉酒，只是我从此后再也不敢去试任何一种含有酒精的饮料了。我的家族是不善饮的，我父亲曾说过我弟弟，喝一口酒连脚指甲都会红。弟弟在场面上练了多年还毫无长进，我等就死了这条心吧。

剩下孤孤一瓶西凤，怎么办呢？

找他们男孩们换一盘菜来吃！不知谁提议，众人皆赞成。于是公推一伶牙俐齿的姐妹到邻桌去交涉，大家就眼巴巴地等着吃。

片刻之后，使节归来，手里仍是拎着满满的酒瓶。吓！他们还不

换？一瓶西凤多少钱？一个菜才多少钱？再说平常喝得上酒吗？他们不换可是太傻了。没想到男子汉还这么抠门！女孩子们大叫。

使节忙说，不是的！不是的！他们看见酒，眼睛都瞪得像瓶底一样圆。只是我看他们的菜都快吃光了，换了咱就不值了，所以完璧归赵。

原来小气的是我们不是他们！只是这原封未动的一瓶烈酒，女孩儿留着又有何用？随着时间一分分流逝，邻桌碟子里的货色越来越少，假如贸易，我们的逆差就越来越大。

我们气愤地盯着男子汉风卷残云般地吃菜，心痛得厉害，觉得他们是把原属于我们的东西给霸占了。

我看见他们桌上的香蕉罐头还没有动，你们看合不合算？使节的大眼睛除了水灵灵的好看，还真侦察到情况。

男子们多是西北一带人氏，对香蕉这类亚热带水果，抱半信半疑的敷衍态度。况且剥了皮的弯弯蕉体泡在浑黄的液体里，形象也不雅。

不值不值！我们说。

可惜时不我待，女孩们用眼的余光瞭着，各桌上的残羹剩饮越来越单薄。

换啦！我们悲壮地说。我们每人分吃了半截香蕉（没多少，不够一人一条），又喝了浑黄色的罐头汤，觉得还不错，起码比辣乎乎呛人的白酒好多了。

下一个节日又像候鸟似的降临。

嘿！女娃子们！我们用香蕉罐头换你们的酒！刚开席，就有男子汉找上门来，商讨以物易物。

好嘞！换啦！我们快活地答应，为早早打发掉透明液体而庆幸。

喂！我们来换你们的酒……又有几个小伙子摇着罐头瓶造访。

晚啦晚啦！谁叫你们现在才来！女孩们幸灾乐祸地指责后来者，自己也有点后悔，想不到贸易形势这样好，刚才应该要个高价，一瓶酒换两瓶香蕉罐头的。

亏了亏了，下次要沉着点，待价而沽。我们互相眨着眼睛。

真糟糕！小伙子们懊丧地搔着后脑勺，只好打道回府。

哎！把你们的香蕉罐头拿走啊！我们指着他们遗留下的罐头瓶子，大声叫喊。

罐头嘛，既然你们爱吃，我们就不要了！他们头也不回地说。

男孩子和女孩子就是不一样啊！

从此，每一次会餐，我们总是随随便便把西凤酒送给任何一个邻桌的小伙子们。从此，每一次会餐，我们女孩子的桌上都有许多瓶香蕉罐头。

记得有一次，居然我们每个人都平均到了一瓶香蕉罐头。那一天的会餐，好像成了会香蕉。

我们举着浑黄的罐头汤，豪爽地干杯，把罐头瓶碰得叮当乱响，喝了个一醉方休。

昆仑之眠

上昆仑山的时候，我们坐的是大卡车。齐着大厢板垛满麻袋，每袋二百斤大米。坐在上面，透过棉裤，感觉到蚂蚁般的米粒随着颠簸的山路蠕动，好像一摊活物。

一路上，老兵不断地问：有了吗？

我们说：没有没有呢。

老兵说：到晚上睡着就有了。每个兵站后面都有一大片烈士陵园，有好些就是先在床上睡着了，后来就睡到那儿去了。

昆仑山上的睡眠是头妖怪。

我们这些初次上高原的小女兵，就坐在大米麻袋上恐惧地等待昆仑山上的第一个夜晚。

老兵们说"有"的那种东西，叫作"高原反应"。它会让你的口鼻像螃蟹似的冒出粉红色的泡沫，皮肤泛出紫蓝的网纹。最后你丢掉所有的体温，成为冰山的一部分。

我们那时只有十六七岁，虽说也感到轻微的不适，都像否认有偷窃行为一样否认高原反应。那还是一个以为否认就能挽救一切的年纪。

到了兵站睡觉的时候，老兵说，高原反应是一定会来的，别看你们年轻。夜里头疼得实在受不了，可以用背包带子在额头上勒两圈，越紧越好。偏方治大病。

我躺在坚硬如铁的兵站枕头上，焦急地等待头疼。当它真的像春雨一般润物无声地降临时，我欣喜地发现它并没有想象中神奇。高原反应是一种像铅色绸缎般柔软而黏稠的东西，裹住你的大脑，使它晦涩地滚动。勒住太阳穴的确管用，好像在脑汁里滴了明矾，清凉多了。

当我的昆仑第一眠醒来后，发现兵站久未洗过的枕巾依旧在我的头颅下发着男人的汗味，高兴极了。我原本以为自己再也看不到枕巾上花里胡哨的图案了。

以后我在昆仑山度过了无数个夜晚。这话有些不准确，其实是可以算得清的。区区十年有什么算不清！但我不愿去算。睡眠和死亡曾经在我脑海中不断淤积，直到达到了感觉上的极限。

我们的营区海拔近五千米，这还是在正常的日子，碰巧赶上拉练，就要再高许多。高寒高寒，它俩是双胞胎，高了就必然寒。高处不胜寒。

分配我们睡的是铁床，类似城市居民几代同堂时买的那种折叠床，是用铁片做的。一代又一代士兵的碾压，很多铁片断裂了。我们没有铁丝，就用麻绳把破损处连缀起来。躺着的时候，可感到一处处的凹陷，好像趴在打断了肋骨的母亲身上。

褥子很薄，透过床单可以看到铁条嶙峋的形状。上级动了恻隐之心，给每人发一条草垫子。稻草的，黄黄的，软软的，叫人想起一个好收成。大家乐得吸了不少冰雪浸透的凉气。只是草垫子比我们的铁床要长，需铡去一段。那些日子，军营里像是饮牲口的料场，到处飘散着针尖似的草芒。

拉练露营的时候，当然不能带草垫子。我们先把雨布铺在雪地上，再打开被子睡觉。我第一次这么睡的时候，心想第二天爬起来还不得满身泥浆？没想到干干爽爽地起床，掀开雨布一看，雪絮洁白松软，仿佛刚刚自九天坠下。微薄的体温就像一杯水倒进太平洋，早已溶进酷寒。

听说地方政府派来的慰问团，看了战士们的艰窘，调拨来了一批狼皮褥子。但数量有限，平均十个人才能分一条。

我急切地盼望着狼皮褥子的到来。不是巴望着能分我一条，而是想看看真正的狼皮是个什么样子。

终于来了。分到我们班里的那条狼皮褥子是黑色的，裁制得方方正正，同单人床一般大。皮毛上可以看出很明显的接缝，但颜色非常接近。远远看去，完全可以认为它来自一匹孤独的巨狼。毛缕很长很硬，纷披而下，发出苍蓝的闪光。我伸手摸摸它们，光滑而润泽。我突然忆起小时被父亲高高举起，抚摸父亲头发时的感觉。

大伙一致决定把狼皮褥子分给一个瘦弱的农村来的女孩，因为她的铁片床塌得最不成样子，她又靠门。她恰好不在，我们七手八脚地给她铺好了，每个人都躺到她的床上试了试。大家都说，狼皮真暖和。

她回来后一眼看到床边垂的狼毛，就哭了。

大伙忙说，别在意，我们都已经享受过了。

她说，你们这不是咒我死吗！我是属猪的，我妈自小就叮嘱我，一定得避狼！

我们重新决定狼皮褥子的归属，决定轮流铺，一人若干天。

昆仑山上的夜极其黑，但是很不安宁。三百六十五夜，大概三百五十天有风。风像排着队的疯婆子，用干枯的手，把旷野上的一切孤立之物，都变成弹拨的乐器。它让石屋发出呜咽的共鸣，它让电线空竹般鸣叫。它把士兵偶尔丢弃的空罐头盒，从地面吹上屋顶。在飞翔的过程中，随意拨弄它们的位置，罐头盒就像硕大的口哨，吹出空袭警报的锐音。甚至石头也会发出怪兽般的抽泣。那一定是石头内的缝隙被风挤压了，痛苦地呻吟。

我们因此练就在喧嚣中酣睡的本领。当我离开高原回到城市，突然发现城市的夜晚是那样寂静。汽车喇叭和锅碗瓢盆的交响，实在是隔靴搔痒的皮毛。和昆仑山真正的钢鼓乐队相比，城市的喧嚣只是一支短笛。

昆仑之眠是充满陷阱的黑洞，许多人在梦中永不复返。盖因睡眠时人的抵抗力减弱，犹如不设防的城市，死亡的偷袭格外成功。时时听到某人睡着睡着就过去了的传闻。我们每天早上起来见大家都还活着，心中充满重新诞生的快乐。

有一次，女兵在半夜里突然接到电话，要为一个突然死亡的战士扎个花圈（顺便说一句，昆仑山上所有的花圈都由我们来扎，因为女孩与花有缘）。我们说，什么时候死的？电话说，刚刚。我们说，打仗死的？电话说，不是。我们说，睡死的？电话说，也不是。我们说，那还有什么死法呢？是真的死了吗？电话说，死得叮叮当当，再没有救的。睡着睡着紧急集合，哨子一响，这小伙子一个箭步蹿起，但立即就扑倒在地，死了。

我们为他扎了一个大大的花圈。从此高原上有了一条不成文的规定：只要没有战争，夜里不搞突袭式的训练。

想在昆仑山上安眠，有一个高枕头是十分必要的。当时战士囊中羞涩，只有几件换洗衣服裹在白包袱皮儿里当枕头，垫不到无忧的程度。特别是洗澡之后，干净的穿在身上了，脏的泡在盆里了，空包袱像个扒净了五脏六腑的咸鱼干，晒在床单上，很寥寂的样子。

一天我对卫生科长说，我想借您那本实用内科学看。

科长说，你有这个志气很好，只是你现在最该看的是卫生员手册。巴甫洛夫教导我们说，科学应该循序渐进。

我说，敢想敢干，试试吧。

在很长的一段时间里，我枕着实用内科学酣眠。我后来成为一名相当不错的内科医生，肯定同这有关。

战士的被子在露天看电影的时候，是要用背包带捆起来，当小凳子坐的，特别易脏。当我决定要洗被子的时候，同屋的战友都佩服我的悲壮。因为我没有大盆，也没有搓板。在小小的脸盆里凭着手搓那么大一堆没头没脑的布，时至今日，连我也赞叹那时的英勇。

星期天起了个绝早，先看看太阳，是不是好天。因必得当天洗，当天缝起来，要不夜里就没东西盖了。

我把被套拆下来之后，发现一个大秘密——草绿色的被罩要比白花花的棉絮长出半尺有余，窝着掖在里面。

属猪的女友说，多好的一块布，这不是浪费吗？

我点头，觉她说得极是。

你把它绞下来，补个衣领后屁股蛋什么的，岂不是上好的补丁。她说。

我想想有理，操起家伙就剪。

她说，你不等洗完了晾干再剪？

我说，那么大一坨，怎么洗！剪开了分两段，不是好洗吗。

她一边说着那也不差这一点，一边帮着我把被头连里带面裁下一圈。待到晚上，我把干了的被罩拿回来缝时，才发现大事不好。原来那富裕出来的一截布并非无用，是预备被套缩水的。现在被套像件童年的衣服，遮不住棉絮丰满发育的身躯，恰短半尺。

怎么办？我和属猪的女孩面面相觑。

把裁下的那块布再缝上去。有人说。

那还行？我连连摇头。那工程简直能绕地球一圈，对于拙于针线的我，真是可怕的命题。

还有一个办法。属猪的女孩说。

什么办法？我迫不及待地问。

把棉絮也绞下来一块。她说。

在以后漫长的岁月里，我一直盖着比别人短一截的被子。它使我在严寒的冬天（昆仑山其实也没有别的季节）吃尽苦头。但是我从来不说，我怕那个属猪的女孩以为我在埋怨她。

因为被子格外的不御寒，我就特别爱晒被子。公平地说，高原的太阳虽然不暖和，但含有丰富的紫外线，有春天的气味。晚上蜷在里面，像扎在麦秸垛里一般惬意。

不过班长不让我老晒被子。她说，你的被子本来就比别人的短，叠起来就不好看。刚晒完的被子，囊得像个面包，哪还拍得出横平竖直的线，影响军容风纪。

于是晒被子的日子就成为我奢侈的节日。我会早早地钻进被子，让那个夜晚抻得很长。我会看到阳光毛茸茸地刷着我，白色的蒲公英粘在睫毛上，一只金色的蜜蜂在我耳边飞……

第三辑

生命每走一步
都有回声

岁月把苦难酿成了感动，
贫困时的相濡以沫变成了温暖。
回望童年，
才会愕然发现，
深藏在记忆里的风景不用刻意思考，
存在就是快乐。

离太阳最近的树

三十多年前，我在西藏阿里当兵。

这是世界的第三极，平均海拔五千米，冰峰林立，雪原寥寂。不知是神灵的佑护还是大自然的疏忽，在荒漠的褶皱里，有时会不可思议地生存着一片红柳丛。它们有着铁一样锈红的枝干，风羽般纷披的碎叶，偶尔会开出穗样细密的花，对着高原的酷热和缺氧微笑。这高原的精灵，是离太阳最近的绿树，百年才能长成小小的一蓬。在藏区巡回医疗，我骑马穿行于略带苍蓝色调的红柳丛中，竟以为它必与雪域永在。

一天，司务长布置任务——全体打柴去！

我以为自己听错了，高原之上，哪里有柴？

原来是驱车上百公里，把红柳挖出来，当柴火烧。

我大惊，说："红柳挖了，高原上仅有的树不就绝了吗？"

司务长回答："你要吃饭，对不对？饭要烧熟，对不对？烧熟要用柴火，对不对？柴火就是红柳，对不对？"

我说："红柳不是柴火，它是活的，它有生命。做饭可以用汽油，可以用焦炭，为什么要用高原上唯一的绿色！"

司务长说："拉一车汽油上山，路上就要耗掉两车汽油。焦灰炭运上来，一斤的价钱等于六斤白面。红柳是不要钱的，你算算这个账吧！"

挖红柳的队伍，带着铁锨、镐头和斧，浩浩荡荡地出发了。

红柳通常都是长在沙丘上的。一座结实的沙丘顶上，昂然立着一株红柳。它的根像巨大的章鱼的无数脚爪，缠附到沙丘逶迤的边缘。

我很奇怪，红柳为什么不找个背风的地方猫着呢？生存中也好少些艰辛。老兵说："你本末倒置了，不是红柳在沙丘上，是因为有了这红柳，才固住了流沙。随着红柳渐渐长大，流沙被固住的越来越多，最后便聚成了一座沙山。红柳的根有多广，那沙山就有多大。"

啊，红柳如同冰山。露在沙上的部分只有十分之一，伟大的力量埋在地下。

红柳的枝叶算不得好柴薪，真正顽强的是红柳强大的根系，它们与沙子黏结得如同钢筋混凝土。一旦燃烧起来，持续而稳定地吐出熊熊的热量，好像把千万年来从太阳那里索得的光芒，压缩后爆裂开来：金红的火焰中，每一块红柳根都弥久地维持着盘根错节的形状，好像傲然不屈的英魂。

把红柳根从沙丘中掘出，蕴含着很可怕的工作量。红柳与土地生死相依，人们要先费几天的时间，将大半个沙山掏净。这样，红柳就枝丫遒劲地腾越在旷野之上，好似一副镂空的恐龙骨架。这里须请来最有气力的男子汉，用利斧，将这活着的巨型根雕与大地最后的联系一一斩断。整个红柳丛就訇然倒下了。

一年年过去，易挖的红柳绝迹了，只剩那些最古老的树灵了。

掏挖沙山的工期越来越长，最健硕有力的小伙子也折不断红柳苍

老的手臂了。于是，人们想出了高技术的法子——用炸药！

只需在红柳根部，挖一条深深的巷子，用架子把火药放进去，人伏得远远的，将长长的药捻点燃。深远的寂静之后，只听"轰"的一声，再幽深的树怪也尸骸散地了。

我们风餐露宿。今年可以看到去年被掘走红柳的沙丘，好像眼球摘除术的伤员，依然大睁着空洞的眼睑，怒向苍穹。但这触目惊心的景象不会持续太久，待到第三年，那沙丘已烟消云散，好像此地从来不曾生存过什么千年古木、不曾堆聚过亿万颗沙砾。

听最近到过阿里的人讲，红柳林早已掘净烧光，连根须都烟消灰灭了。

有时深夜，我会突然想起那些高原上的原住民，它们的魂魄，如今栖息在何处云端？会想到那些曾经被固住的黄沙，是否已飘洒在世界各处？从屋子顶上扬起的尘沙，常常会飞得十分遥远。

冰川上有毒蛇嘶嘶声

在高原上，爬山是家常便饭。就像你住在六楼，怎么能不爬楼梯呢？在拉练的日子，攀登更是必备的功课，几乎每天都要爬山。

爬山的实质，是人和地心引力做不懈的斗争。你用自身的体力，挣脱大地对你的控制，使自己向着太阳升去。如果你背的东西比较多，或者比较胖，那就更倒霉了，你不但得付出和别人一样的努力，还得加倍拼搏。因为那些东西和你多长出来的分量，都像秤砣一般拖着你的腿，逼你后退，你必须像扶老携幼的壮士，带着这些重量一道攀上高峰。

爬山的时候，喉咙会一阵阵地发出腥甜的味道，好像有一条流着血的小鱼，卡在那里。按说，这很没道理，因为爬山时最辛苦的，是手和脚。手要紧紧地扒住裸露的山岩，无论多么尖锐的石缝，为了有稳固的支点，你都必须把手指揳进去，好像在坚硬的墙壁上钉入十根铁条。脚像螃蟹的爪子，要么尽量向两侧伸展，以扩大身体和山石接触的面积，一旦发生下滑，可以最大限度地增加摩擦力；要么利用脚骨的斜面，把它变成没有知觉的木橛子，深深揳入岩缝，就像在巨幅画像下钉两个巨钉，才能保证悬挂着的身体突然坠下时可挽救危局。

至于躯干，恨不能生出壁虎似的吸盘，牢牢粘在悬崖上。爬山使人体的各部分紧急动员，所有功能都充分调动起来，肌肉高度紧张，神经分外敏感。此刻的每一瞬间，都执掌着人的生生死死。

说起来，喉咙也很要紧，因为它是气道。爬山需要消耗大量的空气，就像前方在打仗，公路上运输的弹药物品就格外多。要是供不上气，手脚必得瘫痪。偏偏高原上稀少的就是空气，喉咙就得拼命工作，那种甜腥的感觉，一定是喉咙的某条微血管崩裂了，沁出鲜血。

一天，行军路上遇到一座险峻的高峰。尖兵报告说，曲折的冰崖阻住通路，攀登极为困难。领导给我们每人发了一条登山绳，让死死系在腰上。

干什么用的？这绳看起来还挺结实。小鹿说。

这是结组绳。你们三个人把它系好，就成了一个结绳组。领导指指小鹿、我和河莲。

什么叫结绳组？小鹿还问。

小鹿你怎么这么笨？结绳组顾名思义，就是用绳子把咱们三个结成了一组。从今后登山时生死与共。要活大家一块笑，要死一起成烈士。河莲快人快语。

领导点头不语，看来河莲解释得不错。

那咱们就成了刘关张桃园三结义，恨不同日同时生，但求同日同时死啦！小鹿兴奋得两眼放光。

领导不爱听，说，这只是万一时候的紧急处置措施，不要动不动就说死的事，你们还年轻。

河莲思忖着说，要是小鹿掉下去了，还比较好救。她反正分量

轻，一把就拽住了。要是小毕吗，就有点危险，那么重。她要是万一失脚，只怕一个人会把我们两个都拖入深渊，同归于尽。

我说，不就是因为我的吨位比较大，你们就这么害怕吗？好啦，我好汉做事好汉当，要是出现了可怕的事情，一定不会连累你们。我会自动把结组绳解开，和你们脱钩，一个人滑下去好了。

领导说，不许乱讲。真到了那种时候，更要同心协力，两个人的力量怎么也比一个人强。团结就是力量嘛！

河莲说，我和小鹿这就在腰里装些石头，提高自重，救小毕的时候把握大些。

我说，不定谁救谁呢！

大家说笑了一会儿，一根绳子让我们格外亲近起来。

拉练已经进行了许久，我们对爬山也司空见惯。因为第一天行军就出现险情，领导调整了女兵背负的重量，让军马代我们驮一些装备。在后面的行军里，我们基本上可以保持不掉队了。我们自觉已是老兵，对山也有些满不在乎起来。

等到那座陡峭的冰峰矗立眼前，我们才知道，自己又一次低估了山的庄严和伟大。

它横空出世，好像是盘古开天辟地时丢下的一支冰棍，高耸入云，经过亿万年冰雪的滋润，长得庞大无比，晶莹剔透。人踏在上面，像一只甲虫爬过，不留一丝痕迹。

队伍拉开距离，开始攀登。小鹿在最前面，我居中，河莲殿后。结组绳松弛地连接着我们，像一根保险索。在通常的时候，它并不影响我们的动作，只是无声地跟随着我们，好像听话的小狗。

爬山这件事，在没有出现险情的时候，基本上是你一个人单独挑战大自然。你和大山徒手格斗，每向上前进一尺，都是一个新的回合。你一步一步升高，山就一步一步退却。但山可不是好惹的，嫌你惊扰了它绵延千万年的安静，抽冷子就会给你一点颜色，让你措手不及。要是处置不力，也许就会在瞬息之间，以生命作为疏忽的代价。

　　我仰望山顶，上面有松软的冰雪，看起来离我们很近。我想，顶峰上的雪，和别处的雪，一定有很大的不同。要不然，它们为什么会落在山顶，而不是在山腰呢？就像深海和浅海的鱼是不一样的，高山上的雪更神秘。我一定要尝尝山顶上的雪。

　　我们爬啊爬，谁也不说话。不是不想说，是不能说。因为一说话，分散注意力，容易发生意外。还有一个原因，雪像音乐厅里特制的墙壁一样，有很好的吸音效果，让你的声音像蒙在棉絮里呻吟一样，传不远，说起来很吃力。但是冰多的地方，又当别论。平滑的冰是音响良好的反射体，相当于大理石板，会使你的声音发出清澈的回音。我们此刻能发出的最大声音，是不停的喘息声。

　　爬啊爬，距离山顶，好像只有五十米的距离了。我们费尽千辛万苦地爬过这段距离，发现山顶还骄傲地耸立在五十米之外，漠然地俯视着我们。高原上稀薄的空气发生折射，使距离感变得虚无缥缈，引人错觉。我们并不懊丧，只是坚韧地向前，向上……爬山很能锻炼人的耐力，在攀登的队伍中，你像一支射出的箭，只能一往无前地努力挺进，绝无后退的可能。

　　我看见有一些鲜红色的小珠子，从我的嘴边滚落。我知道那是我把嘴唇咬破了，鲜血流了出来，马上又被严寒冻成固体。我一直不由

自主地咬着嘴唇，好像那样就可以使自己积聚力量，保持高度的警觉，提高对付突然危险的能力。

在攀登中，人的思想变得很单一，就是抓牢山岩，不要被山甩下来。这样爬得久了，容易想别的事情。我想，祖先创造"爬"这个字，真是英明。它原本一定是预备形容野兽用的，爪和巴，表示所有的爪子，都紧紧地巴在地上，才能完成这个动作。我想，我的二十个脚趾和手指，都是大功臣。假如没有它们劳苦功高地揪住山的毫毛，我一定像块圆圆的鹅卵石，叽里咕噜滚到山涧里去了……

在我们就要到达山顶之前，我突然听到一种奇怪已极的"嘶嘶"声，好像是毒蛇的舌头在搅拌空气。当然，这是绝不可能的，阿里高原因为酷寒，是没有蛇的。就算是有蛇，也绝不可能在冰天雪地里生存。恐怖的声音到底来自何方？没容我思索，腰间仿佛挨了致命的一击，猛地抽紧，勒得我喘不过气，一股螺旋般的下坠力量，像龙卷风一样吸住了我，裹着我迅猛地向山底滑去。

我在极端的恐惧中明白了——那毒蛇般的声音，是结组绳快速收紧，摩擦冰面的响声。河莲遇到了巨大的危险，正在滑向深渊。随即我看到小鹿在我的上方，也被绳揪动，开始了危险的下滑。

这就是结组绳的力量。它把我们三个联成一个统一的生死与共的集体。要么共赴深渊，要么同挽狂澜。

稳住！一定要稳住！我听见河莲在喊，小鹿在喊，我也在喊……其实，那一瞬什么声音也没有，只是我们生命的本能在发出共鸣。我们被惯性拖着向下滑，就像坐滑梯，越到后面力量越大。当务之急是拦住我们的身体，阻止致命的下滑。

我们每个人都像八脚章鱼一般，拼命扩大自己与山体接触的面积，以增加摩擦力。见到任何一条岩缝，都毫不犹豫地把手脚插进去，鲜血直流却毫无知觉。脚蹬掉一块又一块石头和冰块，听它们发出震耳欲聋的轰鸣声。七手八脚飞快地做着霹雳舞中类似擦窗户的动作，由于极度奋力，动作扭曲得可怕。我们甚至把脸也紧紧地贴在冰面上，利用凸起的鼻子和眉毛，使身体滑动的速度减慢……

终于，恐怖悲惨的下滑停止了。河莲被一块冰凌阻挡在半山，我们从死神手里赢回了关键的一局。

我们彼此看了看，脸色都像铁一般，冰冷坚硬。擦破的地方并没有鲜血流出，它们被冻住了，成了淡红色的冰。哈！我们还活着！这是多么值得庆贺的事情啊！我们揉揉脸上冻僵的肌肉，彼此做个鬼脸。我抖了一下结组绳，沾满冰凌的绳子，发出嘣嘣的声响，好像一根巨大的琴弦，也在为我们高兴地叹息。

剩下的事，就是继续攀登。经历了一次生与死的模拟演习，我们更小心地珍惜生的权利。

爬啊爬……我几乎已经不去想顶峰的事了，只是机械地爬……突然，眼前一亮。整整几个小时，我的眼帘里除了冰雪还是冰雪，我们已经忘记了世界上还有其他的颜色。一片极大的蔚蓝色，像大鸟的羽毛，无声地将我覆盖。阳光温暖地抚摸着我的额头，把一种让人流泪的关怀，从九天之上无边无际地倾倒下来。

啊，顶峰到了！

顶峰是很小的一块地方，眼前一片凄凉的空寂，什么也没有。不，不对，这里有太阳和风。太阳在比你更高的地方，孤单地悬挂着，等着你来做伴。风几乎是和你一般高矮，掠着你的肩膀和头发飞

过，好像要把你征服山的消息，带到远方。我捏了一小撮雪，没敢取太多。我想山顶上的雪，必有一种神圣的魔力，我应该给其他登上山顶的人留一些。伸出舌头舔了一下，遗憾得很，山顶的雪和别的地方的雪，味道是一样的。如果一定要找出它有什么不同，那就是有一点咸，有一点甜，那是我咽喉的血混到里面了。

我站在山顶的时候，小鹿在上山的路上，河莲在下山的路上，结组绳像金字塔的两条边长，山顶暂时成为它的制高点。我轻轻抽了抽绳子，她们都感觉到了，给了我一个回应。

我感觉到这是我们的生命之绳。山是不能征服的，我们爬上了山，我们又迅速地离开了山。我们只是山的匆匆过客。当我们还不曾来到这个世界的时候，山就存在了。在我们已经不存在的将来，山依然存在。和山相比，我们是那样渺小，可是人也是很伟大的，以我们渺小的身躯，由于努力和团结，我们终于也有一瞬，站得比山更高，群山匍匐在我们脚下。

我又向四周张望了一下，然后下山。不知为什么，登上山以后，人很容易感到心里空荡荡的，好像把一种很宝贵的东西安放在雪山之巅了。

我们默默地下着山，不断地对付着险情。俗话说，上山容易下山难。上山的时候，容易避开危险。下山则不然，脚心也没长眼睛，一不小心就出问题，有几次我失足下滑，要不是结组绳帮助，也许就会像在幼儿园滑滑梯一样，一直滑到雪山的肚子里，再也不见天日。

下了山，重新回到坚实的土地上，我们把结组绳解开，回头仰望高山，几乎不相信我们用自己的双脚，把它一尺尺量过。但结组绳上的冰雪可以作证，我们以集体的力量，曾经到达过怎样的高度。

最高的
花生糖作坊

有一天，我们之中年龄最大的河莲说："你们谁吃过花生糖？"

大家一齐嚷起来："我吃过！"

是啊，哪个女孩子小时候没吃过香喷喷、甜蜜蜜的花生糖呢？只要一想起那滋味，舌头下面就储存了一包口水要流出来。

河莲说："那我们自己做花生糖来吃，开一间世界上最高的花生糖作坊，好不好？"

在我们这些女孩子里，果平是以吃肉闻名的，我们都说她的祖先一定不是从猴子变来的，而是一只老虎变的，所以，见了肉就没命；而河莲是以巧出名的，她说要办什么事，一定能办到。

我们立刻大叫："开花生糖作坊，好哇！好哇！"

我们都吃过花生糖，可是，我们都没有做过花生糖，连脑子最聪明的河莲也没有做过。不过这难不倒我们，大家回忆起小时候吃过的花生糖，不就是一些炒熟了的花生米裹在琥珀色的糖稀里，放凉了就成了吗，没什么了不起的。

我们开始筹措原料。

因为我不吃羊肉，炊事班长对我比较优待。在大家吃羊肉的日子里，允许我自己挑别的食品。这一回，我放弃了最爱吃的大红枣，要了满满一大碗生花生米。

还有必不可少的糖，这也很好办。为了给大家补充营养，每人每月可分到一茶缸白糖。现在大伙儿争着贡献出来，河莲忙说："够了够了，花生只有一碗，小马不能配大鞍子，要不就比例失调了。"

原料备好以后，发现没有锅，没有锅，就没法熬糖和炒花生。我们的花生糖作坊，还没开张，就面临着倒闭的危险。

"就在我的刷牙缸里熬糖吧，虽说它小了一点，多熬几缸子也就够了。"果平挺身而出，解决了一半的难题。

但总不能用刷牙缸炒花生米呀，它的底面积太小了，最下面的花生烟透了，表层的还没有热乎呢。

于是，有人提议吃罐头，然后……

大家听了都说这个主意好，七手八脚地打开了一筒一公斤装的菠萝罐头，你一勺我一口地迅速吃光，接着操起剪子，把罐头盒剪开，真是好大一张洋铁皮。我们把洋铁皮的周边卷起来，一个简易的铁锅就做好了。摆在炉台上，还蛮像样的。

我们把花生米倒进自制的铁锅里，炉火在下面熊熊地燃烧着，花生米因为受热"噼啪"作响，有轻微的香气飘散出来。

我们正想为自己的发明鼓掌叫好，可怕的事情发生了。那个马口铁做的锅子，受不了高温的熏烤，中央突然软塌塌地陷落，熔化出一个红色的裂口。半熟的花生米像滑雪运动员一样，沿着烧红了的锅壁，飞快地掉进炉膛里去了……

一股焦煳味弥漫在空中，我们垂头丧气，作坊失败了。

"不要灰心，我们再想想办法。"河莲一点不气馁，明亮的大眼睛

四处搜寻，一眼落在门后铲煤的铁锨头上，说："就用这个当锅吧。"说着，端起铁锨，洗净了煤灰，架在炉台上，比个真锅还神气。

铁锨很厚，再也不会熔化掉。

我们把花生米倒进去，用筷子不停地拨拉。当筷子头变得焦黑的时候，花生米也熟了，散发出扑鼻的香味。真想先吃几粒，但为了我们作坊的声誉，大家都耐心地忍着馋虫的煎熬。

花生凉了以后，我们小心地把花生衣搓掉，把白白胖胖的花生放在一个碟子里。

下一个步骤就是熬糖了。这是比较简单的活儿，把糖放进茶缸，用筷子搅啊搅，不一会儿白糖就融化成淡黄色的糖稀，冒出透明的气泡。当糖稀的颜色变成褐红色并闪出油漆一样的亮光时，河莲果断地喊了一声："好了！"她飞快地把糖稀浇到碟子里的花生米上，并用筷子不停地搅拌，使它们混合得更均匀。一种属于真正的花生糖的甜香气，刺激得我们一个劲儿地咽唾沫。几次想尝尝正在冷却过程中的花生糖，都叫河莲给拦住了。她说，一定要等到花生糖完全做好了，用小刀割成一小条一小条的，像街上卖的一样，才分给我们吃。

为了那神圣的一刻，我们眼巴巴地盯着那个碟子，祈祷它快快变凉。

等啊等，碟子终于冷却了。当河莲郑重地拿起小刀，分割花生糖的时候，我们听到了极清脆的响声。

花生糖已经凝固得像石头一样坚硬，无论怎么使劲，都不能使它和碟子分离，更无法变成一小条一小条的糖块。

河莲难过地说："我犯了一个大错误，应该在碟子里抹上油，这样花生糖就可以磕下来了。现在，我们的作坊出了废品。"

我们都劝她放宽心："不要紧的，这不是废品，只不过吃起来稍微麻烦一点儿罢了。"

我们这座世界上最高的花生糖作坊，出产的第一批产品，吃的时候需用这种姿势——双手捧着碟子，像花猫洗脸一样，用舌头舔碟子。

不过，说到味道，那可真是好极了！

固定嘴唇

高原严寒缺氧，人体的许多功能就不正常；加上吃不到新鲜蔬菜，就染上了怪毛病。有一天，我和别人说话的时候，突然觉得嘴里咸咸的，对面的人就惊叫起来，说："你的牙齿出血了。"

我拿出小镜子照了照，其实，不是牙的毛病，是我的上嘴唇正中间裂开了一道很深的口子，鲜血流出来了。

我想，以前我们在平原，冬天气候干燥的时候，嘴唇偶尔也会裂个小口儿。小事一件，忍两天，它自己就会好的，所以，也没在意，用冷水漱漱口，把血止住后，就忘了这件事。

但在以后的日子里，嘴唇时时提醒我注意它。口子像一道战壕，顽固地不肯愈合。我每讲一句话，它都准时送我一个疼痛做礼物。特别是当开心的时候，咧开嘴巴一笑，就有鲜红的血珠从嘴唇滚落到下巴上。

作为一个女孩子，这是多么不雅观的事情。再说，嘴唇这样长久地裂下去，会不会变成三瓣嘴的兔子？

我捂着嘴，去找老医生。

他看了看我的嘴唇，说："这是因为高原缺乏维生素，引起的代谢失常。我给你开点药，你可要按时吃啊。"

治病心切，我连连点头。从此，每天吞下大把的药片，红红绿绿的像一捧豆。但药吃了一箩筐，两瓣嘴唇依然像仇人似的不肯聚拢在一处。我只好又去找老医生，说："你的医术不高明，药都吃完了，嘴唇也不好。"

他说："你除了要吃维生素以外，嘴唇还要制动。"

我说："什么叫制动啊？"

老医生说："你见过骨折的病人吧？为了让断裂的骨头快快长好，就要打上石膏，让伤处不能随意活动，这就叫制动。"

我吓了一跳，说："原来您是要在我的嘴唇上打石膏啊？"

他说："没那么严重，我只是打个比方。要想把嘴唇治好，你从今以后要少说话；吃饭时也要把嘴抿得小小的；更不得哈哈大笑，要按照笑不露齿的古训去做。这样固定嘴唇一个星期之后，我保你恢复如初。"

我想了想说："吃饭的事还好办，我忍着饿就是了；笑的问题我也可以办到，尽量想些难过的、发愁的事，耷拉着头就笑不出来了。只是一个星期不说话，这太憋得慌了。就算我可以不聊天，上班的时候对病人总是要说话的吧？我不能推着治疗车，一声不吭地走过去，低头二话不说，"啪"地一下，就把针头戳到病人的肉里去啊。"

老医生想了想说："你说的倒也是，只是我没有再好的办法了。"说着，无可奈何地两手一摊。

我的嘴唇就这样一直豁着，绵延了几个月也不好，它像大峡谷一样，给我带来许多不便。后来，我就自己想了一个土办法：每天晚上睡觉的时候，用胶布把嘴唇粘起来，把裂口紧紧地对在一起。同屋

的女友惊讶地说："你是怕夜里说梦话的时候，泄露了什么感情秘密吗？"我含糊地说："是啊，是啊，我怕夜里唱歌，吵醒了你们。"

每天早上起床后，再小心地把嘴唇上的胶布揭下来。白天尽量少讲话，一定要讲的时候，就像个淑女似的，轻启朱唇；快活的时候，赶紧用手把两片嘴唇捏住，免得开怀一笑前功尽弃了。

最痛苦的是吃炖肉的时候，面对着一大块肉骨头干咽口水，只能一小口一小口地呷汤……

我这一套土办法真的很见效呢。有一天，我早上起床的时候，突然发现久久裂着的嘴唇合在一起了，红艳如初。

在高原待的时间长了，才知道很多人患口唇破裂这个毛病。我无私地把自家的秘诀传授给他们，大家都说很灵。只是有一个人说："你夜里粘胶布的法子不错，但早晨从嘴唇上往下撕胶布的时候，太痛了。"

我说："哎呀！忘了告诉你，用淡汽油一涂，胶布就很容易扯下来了。"

过了几天，我又看到他，很有把握地问他，是不是操作起来很轻松了？

他苦着脸说："你的法子倒是见效，只是现在走到哪里，汽油味就跟到哪里。我的嘴唇好像变成了一辆汽车。"

葡萄干儿王

　　我在西藏的医院里当化验员。这个工作，忙的时候真忙，闲的时候也真闲，可以一两个小时没有病人。我就百无聊赖地对着窗户，看远处像洋铁皮一样闪光的雪山。

　　爱玩儿是女孩子的天性，我就把周围的化验仪器拿来做游戏。比如把自己的头发揪下一根，放在显微镜下瞧一瞧。嗨！柔细的发丝变成了像钢管一般粗的砺石，表面也不再光滑，生出了许多毛刺……我赶紧把这根头发吹走了，我不喜欢平常习惯了的事物变成这么个怪样子来吓我。

　　有时我就挤出自己的一滴血，抹在玻璃上，放大几百倍来看。染上颜色后，人的血液是很好看的：淡蓝色的白血球像一枚枚精致的椭圆形树叶；比较老的白血球里长了许多核，好像细胞里藏着一只张开的小手；年轻的白血球还没有发育完全，核就像一截弯弯的腊肠。

　　红血球是晶莹透亮的，像一些浅浅的盘子，只在边缘部分有一圈淡红的光环，好像一颗缠了红丝巾的水珠。

　　血液里还有一些古怪的如同车轮般的大细胞，是专门生产免疫抗体的。

可我还是厌倦了。别说是血球，就是一幅世界名画，也终有看够的时候，我又挖空心思想出新的把戏。

我有一架分析天平，现在人们常说的"天秤座"，就是那个样子。这架天平是用来称取化验药品的，精确到了一毫克的重量，也就是说可以称出一克的千分之一的重量。

分析天平平日安放在一个密闭的玻璃罩子里，里面有个小布袋，装着干燥剂，保持空气的湿度稳定。要是含有水珠的空气附在秤盘上，重量就不准了。小小的砝码是用一种明亮的金属制成的，好像一粒粒精致的豆子。但那个最小的标志为一毫克的砝码，因为重量太轻，没法像它的哥哥们那样长得很标准，成了一块轻薄的多边形金属片。

分析天平简直灵敏得可怕。你把两个一毫克的砝码放在两边秤盘里，指针是平衡的，但你若是用手指摸摸其中的一个砝码，再把它放回秤盘，指针就毫不含糊地向你手指碰过的那个砝码一侧倾斜，好像你是一个巫师，在一摸当中给了砝码魔力。其实，是因为你手上的湿气使砝码变重了。"又湿又重"真是一个十分形象的词，潮湿是有重量的。

不过用手摸砝码这件事，可得偷偷地干。要是让老化验员看到了，非得狠狠训你一顿不可。但我对什么事都想试一试，趁他不在的时候，取得了这个难得的试验结果。为了防止生锈，我用白绸子把砝码擦了又擦，在其后的日子里，像探望病人似的每天都仔细地观察小砝码几回，直到确信它们还像以前一样光彩照人，才放下心来。

我开始测量身边能得到的微小物体的重量。比如头发吧，把一根前额上的头发搭在秤盘上，指针只有极轻微的晃动。我总算知道了

"轻如鸿毛"是什么意思，那就是几乎什么分量也没有。

头发长短不一，重量也不同，叫人无法发布统一公告；再说就是同样长短的头发，后脑勺上的就要比前额处的重。这我就明白了孙悟空那几根救命的毫毛为什么是长在后脑勺上了，那儿的头发质地最好了。

我还测量过眼药水瓶子的橡胶小盖的重量。嗬！它可真够重的了，好像有十几克吧。记得我在左边的秤盘里放着橡胶小盖，右边的秤盘里不断地加砝码，直到放了一大堆小银豆子，橡胶小盖还像个黑老包似的稳稳地坐着，不肯抬起屁股。

但我很快地又厌倦起来。对于敏感的分析天平来说，我周围伸手可及的一切物体——铅笔、钢笔、墨水瓶、注射器……都显得太沉重了。好像用绣花针去挖战壕，会累坏了我的分析天平。

有一天，我终于找到了一样很有趣的试验物品——葡萄干儿。我们每人每个月发一茶缸葡萄干儿，大家都一把一把地抓着往嘴里塞着吃。

我问果平："你知道最大的葡萄干儿有多重吗？"

果平眨着毛茸茸的眼睫毛说："可能……有一粒扣子那么大吧？"

我说："你不要避重就轻，我问你的是重量，不是大小。"她思忖着说："那怎么能知道？我们只有称出一斤葡萄干儿，数数共有多少粒，然后用个数去除总重量，才能知道一粒葡萄干儿有多重。"

我说："那得出的只是一个平均值，而且还不很精确。我现在要问的是一粒最大的葡萄干儿有多重？"

能言善辩的果平也没词了，说："这是没法知道的，除非你的舌头是秤盘。"

我说："哈！我有办法。你跟我来，不过你要献出一粒最大的葡萄干儿，我也挑出一粒，咱们来比一比谁的更大。不要心疼啊！"

果平说："这容易，权当吃的时候，有一粒掉到地上找不到了。"

我们先分头把自家的葡萄干儿摊在一张白纸上，细细拨拉着寻找巨型个体。果平挑出参赛的选手，是一颗圆饼形晶莹剔透的碧绿色葡萄干儿，好像翡翠雕成的。

我找出的葡萄干儿是暗黄色的，好像陈旧的树皮。虽然样子不好看，但大得像纪念章，里面还有子。

果平说："你的葡萄干儿好丑啊！"

我反驳她："我们只说是选哪个大，又不是选美，谁重谁就是第一。"

趁老化验员不在，我俩悄悄地潜进化验室。我一本正经地戴上白手套，开始了正规操作。果平瞪大了双眼，紧张地注视着两颗葡萄干儿的竞赛。

出于礼貌，我先测量了果平的那颗葡萄干儿的重量——八百二十毫克。这是一个很扎实的家伙，看着不很大，但分量足。我为自己的那颗葡萄干儿忧心忡忡，它虽说体表面积大，但疏松暄软，像个不堪一击的胖子。

我把我的葡萄干儿放进秤盘，然后小心翼翼地加砝码。每加一个小银豆，心里的欣喜就增加一分。嘿！我的胖子还真争气，足足是八百七十毫克。

果平一副悲痛欲绝的样子，但望着一丝不苟的分析天平，只好尊称我的那颗葡萄干儿为"王"。

我把葡萄干儿取下来，正待把一切在老化验员赶回来之前收拾

好，果平对着天平叹了一口气，天平的指针就剧烈地动荡起来。

果平吃惊地喊："哎呀，呼出的气也有重量啊？"

我说："当然啦！人的气息都是有重量的。高兴时的气息就比较轻，郁闷时的气息就比较重，看来你此刻不开心啦！不信，你再试试。"

果平就微笑起来，对着分析天平又吐了一口气，指针真的只轻微地动了一下，就恢复了平衡。

别给人生
留遗憾

怀念 "30"

部队的医疗学习，把外科看得重于泰山。野战外科，是军医的天职。总不能什么都不会，就到活人身上白刀子进红刀子出吧？先要在动物身上练手。每五六人结成一小组，分得试验犬一只。在它身上，依次做肠切除和肠吻合等手术。

狗是从乡下收购来的，体型大小差异很大。大狗立起来比人还高，小狗简直和狐狸差不多。大家都憋着劲想为自己的小组分得一只大狗，或许觉得，狗大身体好，经折腾，即便手艺差点儿，它也能扛过去。要是太弱小的狗，没准就死在手术台上了。

领导采取了最原始的分狗办法——抓阄。我们组长的手真臭，把一只最小的狗给抓来了。

给狗做手术，需用全麻。狗要是麻醉得不够好，会在手术台上狂吠，一不留神，能搂着带血的肠子跑下来。

毕淑敏，麻醉的任务最艰巨，你来做全组的麻醉师吧，一麻到底，不换人。组长说。

我说，这不是欺负人吗？为什么不能大家轮流着干？再说啦，老师也是这么要求的。每个人都要当一回麻醉师。

组长说，你看咱们这只孬狗，折腾得起吗？走马灯似的换麻醉师，人人不摸底，麻醉剂量掌握不准，万一过了，它的小命立马玩完！

我犹豫着。组长说，毕淑敏还端架子呢，同志们，来，咱们一块求她！

组内只有我一个女生，看到众位男生眼巴巴的神情，我说，我认倒霉就是了。我来做全组的麻醉师。

在手术开始前的日子里，我每天都去看这只狗——也就是我们未来的病人。它很瘦小，只有三十斤重。我之所以如此清晰地记得它的体重，是因为麻醉的剂量和体重成正比例关系。看看我们旁边那个组的狗吧，整整有七十斤重，简直是狗里的"巨无霸"。

那个组的同学给他们的狗起名——黑子，这真是一个俗不可耐的名字，我想它在狗的世界里一定成千上万，主人一看到浑身漆黑的狗，就这样随便地命名，一如人类当中的"阿福"和"招娣"，太漫不经心了。我一直没给我们组的狗起名字，有一种恐惧潜伏在我的心中。也许，由于我的麻醉不成功，它很快就丧失了生命。那样的话，还是没有名字的好，仿佛面对一个刚出生的还没来得及起名字就夭折了的婴儿，人的痛苦会相应少些吧？

因为我们的狗在我的坚持下无名无姓，所以，我们就称它为"30"好了。

狗是没有资格进入人的手术间的，我们把一间大教室消了毒，改造成手术室。正式开始手术的那天，"30"好像有预感，说什么也不肯进那间充满了奇异药味的教室。黑子也是一样，狂吠不止。尽管在前些日子的交往中，我们和它们建立了良好的关系，但是在生死关头，它们的第六感异常准确。

黑子的主人把黑子强行绑在手术台上了，然后，他们那一组的麻醉师飞快地把乙醚洒向它的口鼻。有什么生物能在分子水平上对付化学药品呢？没有。生龙活虎的黑子很快就瘫软成一团，人事不知了。不，正确地讲，是狗事不知了。

这边，我们组的人，对我的延宕露出不以为然的神色。要知道，从现在开始，分分秒秒都是大家学习的时间，预备手术的同学摩拳擦掌，磨刀霍霍了。

我原准备对"30"采取怀柔政策，让它自己主动地躺在手术台上，我觉得这样即使手术的过程中出了意外，它也是自愿选择的。很快我发现自己真是一厢情愿。没有一只聪明的动物会在危险袭来的时候，乖乖听人摆布。于是，我虽是百般不忍，也只得由着组里彪悍的男生，把小小的"30"捆绑在手术台上了。

然后是扣上麻醉口罩，把麻药喷洒下去。因为没有专门为狗定制的口罩，麻醉过程中密闭不严。也就是说，有一部分麻药会遗漏在外面，被麻醉师吸入肺腑。

当我判断"30"进入到适宜手术的麻醉深度后，示意手术可以开始了。同学挥刀上台，把"30"的腹腔打开，把它的肠子掏出来，用肠钳夹好，然后做肠切除的手术。一个人做完了，把"30"的肠子缝合完整，就下台了。另一个人上来，把刚缝好的肠子再切除一段，然后再缝好……这个过程漫长而残忍，尤其是没有办法为狗输血。若是碰到手脚不利落的同学主刀，止血缓慢，"30"的血液就大量流失。我很着急，因为无论狗出多少血，都只能用生理盐水和葡萄糖液补充。这样，如果不能快捷地完成手术，不要说别的，单是一个失血，就要置"30"于死地了。

突然，从一旁的手术台上传来一阵骚动，原来是相邻的那个组，因为麻醉剂过量，黑子死在台上了。正做了一半手术的同学，灰溜溜地摘下手套，洗净手上的狗血，他们提前下课了。

在这种情形下，我只有高度地警觉和小心，全心全意关照"30"。我敢说，在我数十年的生命中，这个世界上，还没有任何一个物体，能让我在长达九小时的时间内，如此全神贯注地凝视不止。

那天手术结束后，我只觉得腾云驾雾一般，进入了虚幻的世界。不单是因为精神高度紧张，更因为我吸入了大量的麻醉剂。说句玩笑话，那天若是紧接着给我做肠切除手术，便不用麻醉了。我已经进入了麻醉状态。

很多小组的狗死了。没有死的狗，成了我们的亲人。我们把"30"的腹部包扎得如同一个粽子，因为狗听不懂人话，你让它不要搔扒伤口，它绝不会克制，只有靠捆扎和不停地照料。记得我们把消炎的药粉裹在浸满了肉汤的馒头里，喂给"30"；半夜里下起大雨，我们从床上一跃而起，跑到犬房照看狗伤员，以防它被惊雷吓得跑跳，挣断了缝线……

我们的"30"恢复得很好。也许是由于在麻醉的所有时间它蒙眬的狗眼中看到的始终是我的形象，也许是因为我抚摸它的次数最多，当它伤口复原可以奔跑的时候，对我格外依恋。每当我走过，它都摇着尾巴，亲热地凑过来，衔起我的解放鞋带……

一个严重的问题袭来了。因为手术狗已经过了恢复期，完成了外科实习的价值，这批狗就没有保存的意义了，因此不再有狗粮的供应，也没有专门的狗舍安置它们。也就是说，狗成为非法居民了。

我找到校方，说，那么这些狗怎么办呢？它们是功臣啊。将来有一天，我们同学中有谁成了著名的外科医生，会记起自己最先的刀口，是在一只狗身上完成的……哪能这般卸磨杀驴，不管狗了呢？

校方说，我们会找一些人来把狗带走，总不能营区天天跑着一些狗，又不是马戏团。

过了几天，带狗的人来了。我问，你们要把这些狗，带到哪里去呢？那人回答说，带它们到汤锅里去。

我这才知道，原来等待这些功勋之狗的是死亡。我赶快把捆绑的"30"解开，对它说，你快跑吧。

"30"很听话，一溜烟地跑了。那个带狗的人说，你怎么把那狗放了？

我说，那条狗是不能吃的。

他说，为什么呢？

我说，它被施手术的时候，麻药用多了，谁吃了它的肉，也会迷糊的。

那个人好像有点医疗常识，说，不能吧？麻药过一段时间，就挥发没有了。

我恶狠狠地说，那是在人身上，麻药能挥发掉。你要是打算吃一个挨过手术的人，一点没问题。要是吃狗，就不成。狗的代谢和人是不同的。

那人懵然地看着我，什么也没说，带着别的狗走了。

"30"就这样保住了一条命。后来，每当它跑来找我们的时候，我们都飞快地把它轰走，生怕被哪位领导发现了，把它捉去。"30"很聪明，后来，它看到我们，只是远远地摇摇尾巴，再也不靠近我

们了。

夏天的夜晚，我坐在高高的木料堆上，凑在路灯下看书。突然，有一团毛茸茸的东西，俯在了我的脚边。我一看，是"30"。它很机警地在我的身边趴一会儿，就无声地跑远了。

我想，"30"是应该恨我的。是我协助他人，把它的肠子剪得短短的，如今，它在外面自己找食，好比一个重残之人自食其力，艰辛一定比别的野狗要多得多……

第四辑

活成自己
喜欢的样子

在苹果的最深处，
藏着一个星星一般的核，
所有的果肉都围绕着这颗星成长。
幸福也大抵如此，
当你围绕着一个目标奋斗的时候，
你才会感受到幸福。

没有少作

　　我开始写作的时候，已经很老，整整三十五周岁，十足的中年妇女了。就是按照联合国最宽松的年龄分段，也不能算作少年，故曰"没有少作"。

　　我生在新疆伊宁，那座白杨之城摇动的树叶，没给我留下丝毫记忆。我出生时是深秋，等不及第二年新芽吐绿，就在襁褓中随我的父母跋山涉水，调到北京。我在北京度过了整个童年和少年时代，但是我对传统的北京文化，并不内行，那是一种深沉的底色，而我们是漂泊的闯入者。部队大院好像来自五湖四海的风俗汇集的部落，当然，最主要的流行色是严肃与纪律。那个时代，军人是最受尊敬的阶层。

　　我上学的时候，成绩很好，一直当班主席，少先队的大队长。全体队员集合的时候，要向大队辅导汇报情况，接受指示……充其量是一个孩子头，但这个学生中最骄傲的位置，持久地影响了我的性格，使我对夸奖和荣耀这类事，像打了小儿麻痹疫苗一般，有了强韧的抵抗力。人幼年时候，受过艰苦的磨难固然重要，但尝过出人头地的滋味也很可贵。当然，有的人会种下一生追逐名利的根苗，但也有人会对这种光环下的烟雾，有了淡漠藐视的心理定力。

我中学就读于北京外语学院附属学校。它是有十个年级的一条龙多语种的外语专门学校，毕业生多保送北京外国语大学，对学生进行的教育是长大了做红色外交官。学校里有许多显赫子弟，家长的照片频频在报纸上出现。本来，父亲的官职已令我骄傲，这才第一次认识到了山外有山，天外有天，虚荣之心因此变平和了许多。我们班在小学戴三道杠的，少说也有二十位，正职就不下七八个，僧多粥少，只分了我一名中队学习委员。不过，我挺宁静，多少年来过着管人的日子，现在被人所管，真是省心。上课不必喊起立，下课不必多做值日，有时也可扮个鬼脸耍个小脾气，比小学时众目睽睽下以身作则的严谨日子，自在多了。不过，既然是做了学习委员，学习必得上游，这点自觉性我还是有的，便很努力。我现在还保存着一张那时的成绩单，所有的科目都是5分，唯有作文的期末考试是5-。其实，我的作文常做范文，只因老师期末考试时闹出一个新花样，考场上不但发下了厚厚一沓卷纸，还把平日的作文簿也发了下来——说此次考试搞个教改，不出新题目了，自己参照以前的作业，拣一篇写得不好的作文，重写一遍，老师将对照着判分，只要比前文有进步，就算及格。一时间，同学们欢声雷动，考场里恐怖压抑的气氛一扫而光。我反正不怕作文，也就无所谓地打开簿子，不想一翻下来，很有些为难。我以前所有的作文都是5分，慌忙之中，真不知改写哪一篇为好。眼看着同学们唰唰动笔，只得无措地乱点一篇，重新写来。判卷的老师后来对我说，写得还不错，但同以前那篇相比，并不见明显的进步，所以给5-。我心服口服。那一篇真是不怎么样。

"文化大革命"兴起，我父母贫农出身，青年从军，没受到什么

冲击。记得我听到"停课闹革命"的广播时，非常高兴。因为马上就要期末外语口试，将由外籍老师随心所欲地提问。比如你刚走进考场，他看你个子比较高，就会用外语冷不丁地问：你为什么这样高大？你得随机应变地用外语回答，因为我的父亲个子高。他穷追不舍：为什么你的父亲个子高？你回答：因为我爷爷长得高。他还不死心，接着问，为什么你爷爷高……你就得回答，因为我爷爷吃得多……外籍老师就觉得这个孩子反应机敏，对答如流，给个好分。面对这样的经验之谈，我愁肠百结。我的外语不错，简直可算高才生，但无法应付这种考试，肯定一败涂地。现在难题迎刃而解，怎能不喜出望外？

　　我出身不错，但不是一个好红卫兵，因为我舍不得砸东西，也不忍心对别人那么狠。我一看到别人把好好的东西烧了毁了，就很痛心，大家就说我革命不坚决，出头露面的事就不让我干了，比如抄家时别人都在屋里掘地三尺，搜寻稀奇古怪的罪证和宝贝，撇我一个人在荒凉的院子里看着黑五类。地富反坏对我说，想上厕所了。我说，去呗。那人说你不跟着了？我说，厕所那么味，我才不去呢，你快去快回。那人说，我自己不敢去，要是叫别的红卫兵看见了，说我是偷着跑出去，还不得把我打死？我一想，只好跟他到街上的公共厕所。红卫兵首领看见我挂着木枪，愁眉苦脸地站在厕所门口，问，你这是给谁站岗？我说有一个让我看管的人正在方便。首领大惊道，说你一个小女孩半夜三更地待在这里，就不怕他一下子蹿出来，把你杀了？我毛骨悚然，说那他要上厕所，我有什么办法？首领手一挥说，这还不好办，让他拉在裤子里……正说着，那个坏分子出来了，很和气的样子，一个劲儿地感谢我。首领对我无可奈何地摇摇头，认定我阵线不清。其实，我只是无法想象不让别人上厕所一直憋下去的情形，将心比心，觉得太难受了。首领以后分配抄家任务的时候，干脆只让我去看电话印战报，认为我不堪造就。

班上同学把某女生的被子丢在地上，要泼冷水，理由是她父亲成了"黑帮"。我强烈反对这样做，挺身而出，几乎同一个班的人为敌。以前我和大家关系都不错，大伙看我这么坚决，就退了一步，只象征性地在她被子角上洒了些水，大部分棉絮还可以凑合着盖。那个女生现在是高级工程师，有时想起往事，还说，毕淑敏，你当年怎么那么勇敢？觉悟那么高？我说，这跟觉悟和勇敢可没一点关系，我只是想，一个人要在浸满冷水的被子里睡觉，多冷啊！再说棉花招谁惹谁了，为什么非得作践被子？

久久地不上课，也是令人无聊的事情。当外语口试的阴影过去之后，我开始怀念起教室了。学校有建于20世纪初叶的古典楼房，雕花的栏杆和木制的楼梯，还有像水龙头开关一般复杂的黄铜窗户插销，都用一种久远渊博的宁静，召唤着我们。学校图书馆开馆闹革命，允许借"毒草"，条件是每看一本，必得写出一篇大批判文章。我在光线灰暗的书架里辗转，连借带偷，每次都夹带着众多的书蹒跚走出，沉重得像个孕妇。偷的好处是可以白看书，不必交批判稿，就像买东西的时候顺手牵羊，不必付钱。写大批判稿是很苦的事情，你明明觉得大师的作品精妙绝伦，却非得说它一无是处，真是除了训练人说假话以外，就是让人仇恨自己毫无气节。我只好一边写一边对着天空祷告：亲爱的大师们，对不起啊，为了能更多地读你们的书，我只好胡说一通了。你们既然写出了那么好的书，塑造了那么多

性格复杂的人物，就一定能理解我，一定会原谅一个中国女孩的胡说八道……

我那时很傻，从来没把任何一本偷来的书据为己有，看完之后，不但如约还回，连插入的地方都和取出时一模一样，生怕有何闪失。这固然和我守规矩的天性有关，私下里也觉得如果图书管理员发现了书总是无缘无故地减少，突然决定不再借书，我岂不因小失大，悔之莫及！

同学们刚开始抢着看我的书，但她们一不帮我写大批判文章，二来看得又慢，让我迟迟还不上书，急得我抓耳挠腮，也顾不得同学情谊，索性把她们看了一半的书劈手夺下，开始我下一轮的夹带。大家不干，就罚我把没看完的部分讲出来。这样，在1966年以后那些激烈革命的日子里，在北京城琉璃厂附近一所古老的楼房里，有一个女孩给一群女孩讲着世界名著，雨果、托尔斯泰、巴尔扎克……

我并不觉得年龄太小的时候，在没有名师指点的情形下，阅读名著是什么好事。我那时的囫囵吞枣，使我对某些作品的理解，终身都处在一种儿童般的记忆之中。比如我不喜欢太晦涩太象征的作品，也许就因为那时比较弱智，无法咀嚼微言大义。我曾清清楚楚地记得我对想听《罪与罚》的同学讲，它可没意思了……至今惭愧不已。

1969年2月我从学校应征入伍，分配到西藏阿里高原部队当卫生员。以前我一般不跟人说"阿里"这个具体的地名，因为它在地图上找不到，一个名叫"狮泉河"的小镇标记，代表着这个三十五万平方公里的广袤高原。西藏的西部，对内地人来说，就像非洲腹地，是个模糊所在，反正你说了人家也不清楚，索性就不说了。自打出了一个孔繁森，地理上的事情就比较有概念了，知道那是一个绝苦的荒凉之地。距今二十多年以前的藏北高原，艰苦就像老酒，更醇厚一些。我在那支高原部队里待了十一年。之所以反复罗列数字，并非炫耀磨难，只是想说明，那段生活对于温柔乡里长大的一个女孩子，具有怎样惊心动魄的摧毁与重建的力量。

在我的童年和少年时代，充满了爱意和阳光。父母健在，家庭和睦，身体健康，弟妹尊崇。成绩优异，老师夸奖，甚至在"文化大革命"中，也大致平安。我那时幼稚地想，这个世界上的社会主义只有两家，中国和阿尔巴尼亚。那盏亚德里亚海边的明灯虽然亮，规模还是小了一点，当然是生在中国为佳了。长在首都北京，就更是幸运了。学上不成，出路无非是上山下乡或是到兵团，能当上女兵的百里挑一，这份福气落到了我的头上，应该知足啊……

在经过了一个星期的火车、半个月的汽车颠簸之后，五个女孩到达西藏阿里，成为这支骑兵部队有史以来第一批女兵，那时我十六岁半。

从京城过着优裕生活的学外语的女孩，一下子坠落到祖国最边远的不毛之地当卫生员，我的灵魂和肌体都受到了极大震动。我被雪域的博大精深和深邃高远震骇住了。在我短暂的生命里，我不知道除了灯红酒绿的城市，还有这样冷峻严酷的所在。这座星球凝固成固体时的模样，原封不动地保存着，未曾沾染任何文明的霜尘。它无言，但是无往而不胜，和它与天同高与地齐寿的沧桑相比，人类多么渺小啊！

我有一件恒久的功课，就是——看山。每座山的面孔和身躯都是不同的，它们的性格脾气更是不同。骑着马到牧区送医送药时，我用眼光抚摸着每一座山的脊背和头颅，感到它们比人类顽强得多、永恒得多。它们默默无言地屹立着，亿万斯年。它们诞生的时候，我也许只是一段氨基酸的片段，无意义地飘浮在空气中，但此刻已幻化成人，骄傲地命名着这一座座雄伟的山。生命是偶然和短暂的，又是多么宝贵啊。

有人把宇宙观叫作"世界观"，我想这不对。当我们说到世界的时候，通常指的是熙熙攘攘的人类世界。当你在城市和文明之中的时候，你可以坚定不移地认为，宇宙就是世界，世界就是宇宙，它们其实指的就是我们这颗地球。但宇宙实在是一个比世界大无数倍的概念，它们之间是绝不可画等号的。通过信息和文字，你可以了解世界，但只有亲身膜拜大自然，才能体验到什么是宇宙。

我还没有听什么人说过他到了西藏，能不受震撼地原汤原汁地携带着自己的旧有观念返回城市。这块地球上最高的土地，把一种对于宇宙和人自身的思考，用冰雪和缺氧的形式，强硬地灌输给每一个抵达它的海拔的头脑。

对于一个十六岁的女孩来说，这种置换几乎是毁灭性的。我在花季的年龄开始严峻郑重地思考死亡，不是因为好奇，而是它与我摩肩接踵，举案齐眉。高原缺氧，拉练与战斗，无法预料的高原病……我看到过太多的死亡，以至于我有的时候，都为自己的依然活着深感愧疚。在那里，死亡是一种必然，活着倒是幸运的机遇了。在君临一切的生死忧虑面前，我已悟出死亡的真谛，与它无所不在的黑翅相比，个人所有的遭遇都可淡然。

在一个人非常年轻的时候洞彻生死，实在是一种大悲哀，但你无法拒绝。这份冰雪铸成的礼物，我只有终生保存，直至重返生命另外形态的那一天。现在我要做的事，就是返回来，努力完成生命给予我的缘分。

我是一个很用功的卫生员，病人都说我态度好。这样，我很快入团入党，到了1971年推荐第一批工农兵学员上军医大的时候，人们不约而同地举荐了我。一位相识的领导对我说，把用不着的书精简一下，过几天有车下山的时候，你就跟着走了，省得到时候抓瞎。

我并没有收拾东西，除了士兵应发的被褥和一本卫生员教材，我一无所有，可以在接到命令半小时之内，携带全部家当迁到任何地方去。我也没有告诉家里，因为我不愿用任何未经最后认证的消息骚扰他们，等到板上钉钉时再说不迟。

几天，又几天过去了。我终于没有等到收拾东西的消息，另外一个男卫生员搭顺路的便车下山，到上海去念大学。我甚至没去打听变故是为什么，很久之后才知道，在最后决策的会议上，一位参加者小声说了一句，你们谁能保证毕淑敏在军医大学不找对象，三年以后还能回到阿里？一时会场静寂，是啊，没有人能保证。这是连毕淑敏的父母、毕淑敏自己都不能预测的问题。假如她真的不再回来，雪域高原好不容易得到一个培训名额，待学业有成时就不知便宜了哪方热土。给我递消息的人说，当时也曾有人反驳，说她反正也嫁不到外国去，真要那样了，就算为别的部队培养人才吧。可这话瞬间被窗外呼啸的风雪声卷走，不留一丝痕迹。

我至今钦佩那时的毕淑敏，没多少阅历，但安静地接受这一现实，依旧每天平和地挑着水桶，到狮泉河畔的井边去挑水（河旁的水位比较浅），供病人洗脸洗衣。挑满那锈迹斑斑的大铁桶，需要整整八担水。女孩其实是不用亲自挑水的，虽然那是卫生员必需的功课。

只要一个踌躇的眼神一声轻微的叹息，绝不乏英勇的志愿者。能帮女兵挑水，在男孩子那里，是巴不得的。

山上的部队里有高达四位数字的男性，只有一位数字的女兵，性别比例上严重失调。军队有句糙话，叫"当兵三年，老母猪变貂蝉"。每个女孩都确知自己的优势，明白自己有资格颐指气使，只要你愿意，你几乎能够指挥所有的人，得到一切。

我都是独自把汽油桶挑满，就像按时完成家庭作业。在海拔五千米的高原上，我很悠闲地挑着满满两大桶水安静地走着，换肩的时候十分轻巧，不会让一滴水泼洒出来。我不喜欢那种一溜小跑很逃窜的挑水姿势，虽说在扁担弹动的瞬间会比较轻松，但那举止太不祥和了。我知道在我挑水的时候，有许多男性的眼光注视着我，想看到我窘急后伺机帮忙。

在我的有生之年，凡是我自己能做到的事情，都不会假以他人。这不但是一种自律，而且是对别人的尊重。如果凭自己的努力，已无法完成这一工作，我就会放弃。我并不认为不达目的绝不罢休是一种非常良好的生活状态，它过于夸大人的主观作用，太注重最后的结局了。在一切时候，我们只能顺从规律，顺从自然。

我的一首用粉笔写在黑板报上的小诗，被偶尔上山又疾速下山的军报记者抄了去，发在报上。周围的人都很激动，那个年代铅字有一种神秘神圣的味道。我无动于衷，因为那不是我主动投的稿，我不承认它是我的选择。以后在填写所有写作表格的时候，我都没写过它是我的处女作。

我终于凭着自己的努力上了学，在学校的时候，依旧门门功课优

别给人生
留遗憾

异，这对我不是一件很难的事情。我成了一名军医，后来，结婚生子。到了儿子一岁多的时候，我从北京奶奶家寄来的照片上，发现孩子因为没有母亲的照料，有明显的佝偻病态。我找到阿里军分区的司令员，对他说，作为一名军人，为祖国，我已忠诚地戍边十几年。现在，我想回家了，为我的儿子去尽职责。他沉吟了许久说，阿里很苦，军人们都想回家，但你的理由打动了我。你是一个好医生，幸亏你不是一个小伙子，不然，我无论如何也不会放你走。

回到北京，很长一段时间内，我学烹调，学编织，学着做孩子的棉裤和培育开花或是不开花的草木……我极力想纳入温婉女人的模式，甚至相当成功地做到了这一点，我发的绿豆芽雪白肥胖，自给有余外，还可支援同事的饭桌，大伙说可以到自由市场摆个地摊啦！

唯有我自己知道，在我的脉管深处，经过冰雪洗礼的血液，已不可能完全融化，有一些很本质的东西发生过，并将永远笼罩着我的灵魂。在寒冷的高处，有山和士兵，有牧羊人和鹰呼唤着我，既然我到达过地球上最险峻的雪域，它就将一种无以言传的使命强加于我。

我开始做准备，读文学书，上电大的中文系……对于一个生活稳定受人尊重的女医生来说，实有不务正业之嫌，我几乎是在半地下的状态做这些事，幸好我的父母我的丈夫给予我深长的理解和支持。这个准备过程挺长，大约用了一个孩子从一年级到小学毕业的时间，当助跑告一段落的时候，我已人到中年。

在一个很平常的日子，正好我值夜班，没有紧急病人。日光灯下铺开一张纸，开始了我第一篇小说的写作。

关于以后的创作，好像就没有多少可说的了，我按部就班地努力写着，尽量做得好一些。只要自觉尽了力，也就心安。已经走了很长的路，假如没有意外，还有很长的路要走。

我写的文字能印在报刊上这件事，我的父母很看重，这是我始料不及的。我的那些并不成熟的作品，曾给我重病中的父亲带来过由衷的快乐，他嘱咐我要好好地写下去。父亲已经远行，最后的期望在苍茫的天穹回响。为了不辜负他们的目光，我将竭尽全力。

认真地生活和写作，以回答生命。当我写作第一篇作品的时候，就是这样想的，现在依然。

走出白衣

我在做了许多年医生之后，再当作家，心里就有了一点别样的感受。

我学医不是自愿的。在那个非常的时代里，没有个人选择的自由。我十六岁多一点的年纪去当兵，这首先就把职业圈定在一个狭小的框子里了。女兵，不是当通信兵，就是卫生兵，你别无选择。在这两者之间，我喜欢通信兵，觉得比较痛快。至于医务兵，我觉得一天和病人打交道，看到的都是愁眉苦脸的人，多么晦气啊。

当兵的最大特征，就是根本不用你选择。我被分配了当卫生员，睡在我身旁一个非常想当卫生员的女孩，却当了通信兵。

我这个人有个特点，就是能把自己不愿意干的事干好。我不知道这算是优点还是缺点，大概缺点的成分多一些。反正我不喜欢医务，还是咬着牙，很认真地学习医学知识，并且渐渐地干一行爱一行了。

我一直做到了内科主治医师，而且可以很负责地说，我是一个好医生。不但态度好，医术也好。

但是，我在某一晚上，突然写起小说来了。一般怪异的事都发生在早上，但我的确是从晚上开始的。那天我值班，正好没有病人。我就在堆着听诊器和血压计的桌子上，铺开了一张纸，写下了一篇作品的名字。那是我的处女作。

在很长一段时间内，我都是两条腿走路，一边给人看病，一边写小说。这把自己搞得很苦，常常是下了夜班，在额头上抹点清凉油，开始构思另一个世界。

时间一长，我发现这不是久远之计。倒不是怕我的小说写得受影响，而是感到对不起病人。你想啊，医学和文学都是需要全神贯注地操作的事，作家在创作的时候，魂飞千里，双眼婆娑，近在眼前的事件反而朦朦胧胧。这是艺术规律所制约，任何人无法逃避的。但医生是和人的生命打交道的行当，生命是多么脆弱的器皿，哪能容得你朦朦胧胧！

我面临着一个两难选择。

我已经做了二十多年的医务工作，就是一块石头，也捂出感情来了。更不消说，医生是一种多么稳定多么令人镇静的职业。就是用最世俗的眼光来看，当医生也是一个女人最好的出路之一。据说东欧剧变之后，唯一不失业并且收入直线上升的行当，就是医生了。

毫无疑问，我捧的是一只金饭碗。这只饭碗是那样自私，不允许你心骛八方。因为它的职业道德是严酷的，面对病人，你只能殚精竭虑。

去写作吗？

我的一位老师对我说过：你如果是想发财，就到北京的大栅栏捡钱去，千万不要写作。把用来写作的时间拿来在繁华闹市拥挤处逡巡，不用多久，必能拾得一个大钱包，所得比稿费要丰厚得多了。

老师又说，你如果是想出名，就到北京的天安门广场扫街去。只

要天天扫，用不了半年，一定会有人来采访你，给你照相，登报。那名声远比你用同样的时间呕心沥血地写作，要来得迅捷和有把握。

老师还说，作家是世界上最危险的职业之一。古今中外，因文字而罹难的人不计其数……

老师最后说，作家的成功率极低。据美国学者研究，自然投稿的命中率在万分之三左右。即使你侥幸发表了，古往今来的先哲们的大作，也如一座座对峙的山峰，在高处闪烁着银色的光辉，使你永远不可企及……

身披圣洁的白衣，我沉思良久。

我从事的是医学，我喜爱的是文学。

医生和文学，都是与人为善的事业。然而它们彼此之间，却是这样不相容啊。

我必须做出选择。我不能在脑子里盘旋着文字的翅膀时，依旧给病人看病。这是对生命的大不敬。

或者放弃文学。

文学日趋冷漠与寂静。随着世界的多元化，以往附丽在文学上的种种花环，凋谢枯萎。文学日渐露出它的真面目，像退潮时的礁石一样，暗淡而坚硬，千疮百孔又铮铮铁骨。

我躬身自问：毕淑敏，你为什么要写？

只有一个答案，那就是——我热爱。

爱因斯坦说过：爱好是最好的老师。

又是一个黑色的夜晚，我做出决定——告别白衣。那一夜，泪水潸然而下，好像诀别久恋的情人。

我是把自己扔到荒岛上了，一切都要重新开始。

告别医院弥漫着来苏水气味的清冷空气，告别病人信任、祈求和仰视的目光，告别我的听诊器、手术刀和心电图仪……

　　这种转移的实质，是告别了我遨游多年的一种井然有序的生存方式……

　　重新开始是一种挑战，它使你像小学生一样充满好奇，激发起学习与探索的勇气。

　　我大概是一个念念不忘旧情的人。在我写作的时候，会不由自主地写到医院，会不可摆脱地用一个医生的眼光审视世界。

　　说不上这是好，还是不好。只能说习惯成自然了。

　　而且我心中一直存有一个愿望，这就是——假如有一天我写不出东西来了，我一定不硬写。我将义无反顾地告别文坛，穿起白衣。

　　只是那时我一定不能马上给病人开处方，哪怕他患的是一个最普通的病症。我一定要重新学习医学知识，重新复习药物的作用。三天不摸手生，看病可不是一件儿戏的事情。现代科学日新月异，单是治一个感冒，每年就冒出多少新药啊。让我再重新开始。

　　但我相信自己还是会成为一个好医生的。

　　医学是我的童子功。

无胆之人

好像在西藏当兵的时候，落下了有时肚痛的毛病。那是一种温柔的潜藏很深的朦胧的痛，不剧烈，但地址固定，似乎还携着轻微的脉动。凭我那时的少许医学知识，心想，不会是一个寄生在脊柱上的血管瘤吧？真要那样，我可能在某一次开怀大笑的时候，腹压升高，血浆迸裂，突然倒地死去。我为这个问题遥望雪山，忧心如焚。不是因为怕死，是怕死了以后，将由别人收拾遗物，送还我万里之外的家人。被人检点生前思绪，是一件难堪的事。隐隐的疼痛好似一道符咒，迫使我做出一项重大决定，将厚厚几大本日记全部烧光，并发誓永不再写。当缺氧的空气里抖起蓝边金芯的火苗（撕碎的纸页泼上无水酒精，燃烧得像孔雀翎一般好看），我摆脱了对世间的牵挂，对那种反复发作的疼痛，也不再恐惧万分了。

以后的若干年里，疼痛像一只忠实的小狗，亦步亦趋追随左右。陪伴我上高山，下平原，从藏北到京城，宠辱不惊，休戚与共。它谨慎地把握着分寸，从不惹我真正生气。轻微发作时，只需我像老人一般弯弯腰，缓解一下挺胸直背时的压力，它就悄然遁去，如刀尖划破冰面，愈合后不留一丝痕迹。最顽劣的表现，也不过是逼得我短暂地

闪进工作间的白色屏风里，对一同上班的其他医生说一句：我有点不舒服，躲里面检查床上趴一会儿啊……次数多了，大家道，你想休息，直说就是了，干吗像个不愿做功课的小孩，每次都撒一个肚子痛的谎话……我愤愤地回击她们说，没有一点人道主义精神，小心本所长康复以后给你们穿小鞋哇。

我行医二十余年，自身几次比较重大的疾患，都是处于膏肓状态，才被院外的专家确诊。在就职的卫生所里，非但自己绝无"小荷才露尖尖角"的蜻蜓眼力，周围的医生也是"久入鲍鱼之肆"的聋鼻子。至于每年的例行体检，邀的虽都是京城威名赫赫的医院，但没有一次发现过"青萍之末"的灾难。

面对每年都是"正常"的体检单，我认为疼痛是一幅精神的海市蜃楼。但那个不计名利的家伙，不理睬书面上对它的置若罔闻，以相当稳定的节奏骚扰我，兢兢业业，风雨无阻。结果不但我自己，就是家里人也将它视为正常生活的一员，相濡以沫，和平共处。假如它有一段时间不来造访，我会说，嗳，奇怪啊，肚子最近怎么不疼了呢？家人也会跟着不安，说，是啊是啊，好长时间不听你念叨了，不会有什么变化吧？我说，别着急，咱们这么惦记它，它会来的。

果然，随着我的年龄增长，它也像熟练的老仆，越发殚精竭虑服务周到了。频率较前稠密，强度较前加深，盘旋的时间也大大地加长了……在别人看不到的地方，我开始用手握成拳，抵住胸腹，略解疼痛。但通常只要稍能忍受，我就很快松开拳头。记得身患肝癌的焦裕禄，好像就是用这种姿势，将竹椅的扶手顶出一个破洞，我觉得这止痛的方法不祥。还有一招，双手心周正地按在剑突下——就是人们常说的心口部位，缓缓下压，居然奇效。猜想那是人体血脉聚集之地，以痛治痛，类似武林高手点了某处大穴。不料先生有一次见了这种自我施治，惊道，莫非你也在学西施？我恼火地说，就算西施首创了这个姿势，并没有取得专利权，凭什么两千年后，我们还模仿不得？

伴随症状也渐渐多了起来，好像老仆嫌自己孤单，特带了孙男娣女集体拜访。我开始恶心欲吐，肩胛如裂如剜。我问先生，晚饭吃的东西，会不会食物中毒？我怎这般难受？他不忍看我独受此苦，同仇敌忾地说，是啊是啊，我也深有不适。他的假话使我大释然，认定食物作祟，不再追究。

直到这时，疼痛还同我保持着最后的礼节，好像向苏联发动大举进攻，发动闪电战前的希特勒。我也努力绥靖着，维持着健康泡沫。

1997 年 8 月，我巴望已久的新疆之行，终于实施。雪山盆地，纵横驰骋。南疆北疆，大吃大喝（我因不吃手抓羊肉，不喝葡萄酒，大吃的是水果，大喝的是酸马奶）。一路颠簸，身累心喜。某日夜半，自吐鲁番赶回乌鲁木齐，疼痛突然在吉普车上毫无征兆地凶猛发作，使我陡出一身冷汗。宾馆预备了热饭，一口也无法吃，匆匆吃药，辗转在床。唯一的希望是噩梦醒来是早晨。

我至今对缠绕我多年的疼痛，充满最后的感激。它维护了我的面子，使我成功地完成了西域之行，全须全尾回到北京。试想若病倒边地，将给主人平添多少麻烦！所以说这位"魔头"，还是很有几分顾全大局的侠义心肠。

回到北京的第二天晚上，那蛰伏已久的疼痛，摇身一变化作狂犬，以凶猛十倍的残忍，发动了势如破竹的秋季攻势。开始的半小时，尚有张弛，用焦裕禄或是西施止痛法，稍事抵挡，还可获片刻喘息。但很快形势逆转，疼痛撕下面具，暴躁起来，如长鞭驱赶大批毒

蛇，从我体内的某一处出发，在腔内翻转腾挪。疼痛好似优异的"体操运动员"，精彩地练着它们的托马斯全旋。无数火红的芯舌狂舔脏腑，烙铁般的疼痛如霞蔚蒸腾而起。

我惊骇莫名，不单被剧痛狠狠攫住，更被恐惧深深震慑。我从不知道人的一部分器官，能如此狂躁地与整体铁血为敌。腹中所有的管道，好似沾满苦水的毛巾，被魔手精致地拧成麻花。那一刻，我以为世界的末日就要来临。

先生看我以头抵墙，知道此次疼痛振幅巨大，已超出我的意志控制范围，忙说，咱们上医院吧。

我点点头，已无法言语作答。进医院，仅剩的力气，只够勉强维持最基本的体面，蹲在地上，咬紧嘴唇，堵塞呻吟不要出口。化验，体检。医生把冰冷的手指，搭在我的右肋中点，嘱大口呼吸，剧痛使我屏气并清醒，立时茅塞顿开，悟到了症结。血象飙升，表示存在剧烈炎症。当最终"胆囊炎"、"胆结石"的诊断落在诊断书上时，我豁然大悟，颇有英雄相见恨晚之意。

哦，疼痛，我鞍前马后的朋友！原谅本人失礼，受你呵护多年，直至今日，在下才知你尊姓大名。我们唇齿相依，竟这么多年素不相识，你说我是不是一个糊涂病僚呢？如果那人还是一个医生，是不是自我渎职？起码也是擅离职守吧。

解痉，止痛，消炎……医生很熟练地处理着，疼痛虽剧，我则心平气和多了。兵来将挡，水来土屯，敌情既明，剩下的事就是和它做斗争了。那病痛很是骁勇，固守阵地，并无见好就收的雅量，种种措施之后，仍挥之不去。于是医生开出了"杜冷丁"。

那是一张专为毒剧药品而用的红色处方。先生拎着它取药，喃喃地对我说，你看，你前头写了《红处方》，眼下自己就得了一张。累坏了，真是报应啊。我有气无力地说，你知道……我下一部要写的书……叫什么名吗？他摇头。我说……名叫《钻石》。

"B超"片证实，我胆囊里藏的货色，不是什么无价之宝，不过两块普通结石，就是俗称牛黄、狗宝的那种玩意儿。

只是结石的体积令人惆怅。

如果更小些，可以比较容易地从胆管排出，如同小轿车通过宽畅的海底隧道。如果更大些，反正无法挤进瓶颈般的胆管，疼痛虽重，但无危险。你的这两块石头，恰好比胆管的直径大一些，很容易滑入胆道。由于它的表面像苍耳一般粗糙，会如鱼骨卡在那里，胆管阻塞，胆汁淤积，化脓，穿孔，胰腺炎，败血症……医生很自信地描述未来，好像那是他生产出的定时炸弹，派遣在我体内，质量过硬，如假包换。

我忙不迭地点头，对结石的威力和他的预见表示由衷的钦佩。但是，怎么治疗呢？这才是我最关心的问题。

有很多种方法，比如中药，激光，内窥镜，还有气功……这些方法都需要很长时间，最简便的就是手术切除胆囊，一劳永逸。医生结束了指示。

我说，让我想一想。

其后的日子，不是用脑子想，是疼痛在替我想。杜冷丁只能暂时止痛，医生说避油可减少发作。我谨遵医嘱，像兔子一样大嚼生菜，灾民一样见不到任何荤腥，唇舌皆绿。然而胆中之石是聪明而有气节的家伙，并不因小恩小惠疏忽自己的职责，它一如既往地频繁发动袭击，绝不受招安。由于多在傍晚发作，我不愿打搅他人，总心怀侥幸

地隐忍，结果是到了后半夜忍无可忍，只得牵了先生夜奔医院。几番下来，已经习惯了北京黄夜的凄清。若不是冷汗如油，真可好好欣赏原本拥挤现因空旷显出陌生的夜景。

医生说，总靠打针止痛，不是长久之计。

我说，我已决定手术。

医生就是那样一种人，当你没做出某种决定前，他积极地怂恿你。一旦你做出决断，他又再三让你斟酌。我说，我不反悔。其他的方法太费时间，这一病，我知道全身的零件已接近大修年限，我要珍惜时间了。

于是入院，做一切手术前的准备工作。每日穿着无款无形的病号服，小病大养，煞是得意。那结石似乎也怵医院的精良设备，发作渐稀，我便过上了难得的太平日子。终日除了检查，就是读书，优哉游哉。

但有一日的医嘱，让我忐忑不安。要在空腹状态下吃两个油汪汪的煎鸡蛋，以完成胆囊造影。我对医生说，吃了那东西，是一定要犯病的。我不敢以身试法。

医生说，怕什么？有医院呢。只要疼痛发作，马上就给你止痛。放心好了。

于是转悲为喜。心想，好长时间没吃油炸鸡蛋了，此次开荤，可能具有一个时期的结束和另一个时期开始的重大意义。以后切了胆，吃油炸鸡蛋的可能性大大减少，那么这个鸡蛋，是本人生平最后的油炸鸡蛋也说不定。一定在医生保驾护航的关照下，细细品尝滋味。

医院厨房送来的油炸鸡蛋灿若黄菊，引人食欲大开。宝贵的第一口吃下去，我大惊失色。完全不是想象中的滋味，舌头简直抵上了一块榉木地板。我问护士小姐，用于造影的鸡蛋是否来自特殊母鸡？或者说煎蛋用的是碘油？小姐笑说，蛋是普通的蛋，油也是普通的油。变化的是您的身体，它拒绝接受引起痛苦的食物。

呜呼，我佩服精密的机体，居然在理智已认为万无一失的情形下，坚持着本能的防备与抗拒。在一次次疼痛中，建立了雷达般的灵敏反射系统，最大限度地保护生命。

万事俱备的手术前夜，主刀医生来到病床前，问，你害怕吗？我说，不怕。也许他的经验是以往的病人口说不怕，心里还是怕的。并不在意我的回答，依旧按照假定我是胆小鬼这样一个前提，开始谈话。

他向我解说了手术的大致步骤和风险，告知这种新方法，疤痕比较小，但如果不成功，就要同时启用古老方式，我将遭受双重痛苦。我问，这种"双轨制"的概率是多少？他说，百分之一以下吧。

我很镇定地回答他，在福利彩券和历次摸奖中，即使中奖面高达百分之六十，我也是漏网之鱼。此番概率只有百分之一，外加"以下"，我相信自己没那么好的运气。如果赶上了，天意难违。

先生胆中无石，但似乎比我的病胆还弱。医生让他填写一张家属同意手术的单子，他连看三遍后，临阵脱逃。悄声对我说，那上面写得很可怕，肠粘连、肠梗阻、大出血什么的，并发症多了去了……咱们走吧。回家去吧。再试试别的办法吧。好吗？我推着他说，快去签字吧。我喜欢一刀了断。

手术的当天就像出嫁，你傻傻待着，别人忙得手舞足蹈。干部病房的护士，外科操作比较生疏，下胃管时，折腾半天，结果管子没下到胃里，我已涕泪滂沱。我说，小姐，商量一下，我自己来下胃管怎

么样？护士大惊道，我还从来没见过哪个病人敢自己下胃管的，从鼻腔进去，非常难受的事，你下得了手吗？我说，试试吧。

我虽从医多年，但从没给人下过胃管，好在只要狠心，途经自家的咽喉和食道，还是有把握的。再加上怕在护士手里受二茬罪的信念鼓舞着自己，惨淡经营，居然很顺利地把管子下到胃里，皆大欢喜。

终于躺在手术床上，无边的白色中，数数头顶的无影灯有十二盏，葵花般地普照着我，内心很是肃静。我为这种镇定不好意思，马上就要开肠破肚，畏惧才是正理。当全身麻药进入体内时，意识如同风中之烛，摇曳几下，悄然而逝。脑海里最后遁去的想法是——如果这样在迷茫中远航，从此不再醒来，因为辛苦地活过、努力过，所以永远休息，未必就不幸福啊。

我一直以为手术过程是病的重头，好像一盒漫长磁带的主打歌曲。但当我在监护室吸着氧气醒来，一摸腹部的绷带，得知手术已经完成时，心中不免为少了惊心动魄的变化而稍感遗憾。好像跟踪许久的河流，你以为该出现瀑布的时候，结果是个水波不兴的小潭。

记得术前我问过医生，术后会不会很疼？医生没有正面回答，说，你既经受过反复发作的胆绞痛考验，这就不算什么了。

他说得不错，疼痛也是曾经沧海难为水。术后尽管有种种不便，但同我已经承载过的疼痛相比，不足挂齿。

不让见家人。也许这在保持环境无菌方面，有独到之处，但对病人的心境，实在说不上有利。护士说，你家里人来看过你了，我们说你很好，已从麻醉中醒来，他们就走了，给你留了一封信。

我把那封信拿过来，手轻飘飘，动作很慢，像太空人。只有一张纸，我以为那里面还不得写几句慰问的言辞，谁知全是这一两天的电话记录和来信摘要，简直像是办公室的留言簿。最主要的信息都是刊物约稿，使我全麻过后一片空白的大脑更加混沌。

几天后，坐轮椅回到普通病房，除了行走时腹肌不便外，基本如常了。聊天时我说，记得一句以前的戏文，叫作"浑身是胆雄赳赳"。如今浑身没了胆，无所谓胆大胆小，从此便不知畏惧了。

先生说，那天我候在手术室外，突然听人喊：毕淑敏的家属在吗？心中大惊，按时辰手术尚未结束，此时招呼家属，必是当中出了意外，战战兢兢地走过去。那人端出一个白盘，说，这就是摘除的胆囊。我看了一眼。心想，古话说，肝胆相照，我们真是患难与共了。

铁马冰河入梦来

当我写完《昆仑殇》最后一个标点时，有一种奇怪的感觉：好像心的某一部分被掏空了，只留下一个洞。

午夜时分，家人熟睡。我独自走到屋外。

北京的夜不黑，无数灯火交织成彩色的图画。北京的夜也不静，声音的波涛一刻不停，只不过比白昼略低沉了点。唯有冰冷如汁的空气，像清泉一样荡涤着肺腑，使人感到振奋与警醒。遥望西部，我感到一丝淡淡的欣慰。

西部有一座雄伟的高山。绵延数百万平方公里的世界屋脊，由它无尽的子孙组成。它的主峰——乔戈里峰，是我们这个星球上的第二高峰。在古老的文化典籍中，它被称为"帝下之都"，是黄帝居住的地方。这座威严的万山之父，就是昆仑山。

1969 年，我参军离开北京，来到了昆仑山上的一个部队。几个月后，迎来了我十七岁的生日。战友们为我摆了一桌"罐头宴"。银亮短粗像炮弹壳一样的军用罐头，开了一筒又一筒。有橘子的，有苹果的，有菠萝的，有雪花梨的，还有……对于每月只有一筒半水果罐头定量的士兵们，这是很靡费很丰富的盛宴了。我们把罐头汁倾倒在刷牙用的搪瓷缸里，彼此碰得山响，快乐地"干杯"。

"你才十七岁，太小了。"一个老医生说。

"我已经是大人了，很大的人。"我严肃地纠正他。

"真正的大人，是怕人家说他岁数大的。况且'大人'这个称呼，本来就是小孩子说的话。"老医生平静地反驳我。

许多年过去了，每逢过生日时，这对话便清晰地在我耳边响起。我不再自称为大人，而且惊讶时间过得太快了。

当我从报纸上看到，如今十七岁的女孩子们，为父母该不该偷看她们的日记而展开热烈的讨论时，不禁浮起会心的微笑。我羡慕她们，但觉得她们比那时的我们还要小。

她们自有她们的幸福。假如历史能够退回去重新拍摄，我愿意踊跃加入她们的讨论，并坚决主张父母亲不应该偷看她们的日记。

可惜，历史不可涂改。于是，我只有羡慕，却从不后悔。

关于昆仑山上的艰苦，关于高原、缺氧、奇寒、强烈的紫外线，关于冰峰雪崩、汽车失事、置人死地的高原病，我们的文学家艺术家已经写过那么多的话，我说不出更令人惊心动魄的故事。我一直在做医务工作，这在军营之中，是相对比较安全舒适的了。尽管如此，我还是看到了那么多死亡，那么多牺牲。没有身临其境的人，是无法想象在那种严酷的自然条件下，人自身的生命力是何等软弱！我想过妈妈，我掉过眼泪，我甚至诅咒过命运，但我终于义无反顾地加入了保卫者的行列，成为祖国的哨兵。

昆仑山呼啸的风雪，卷走了我一生中最好的年华。它浓重的身影，横亘在我生命的原野上。我步入这座高山的时候，还是个稚气未脱的少女。十二年后，当我离开这座山时，已是人近中年了！昆仑山在向我索取了高昂的代价之后，馈赠我一件终生享用不尽的珍宝，这

就是青年时代艰苦生活的磨炼。

我是个医生，而且自信是个不错的医生。

我之所以写起小说，就是因为对昆仑山的挚爱。它是我心中一颗充满活力的种子。

昆仑山是值得用如椽大笔去挥写的。在我国灿烂的古代文化之中，它有过无数辉煌的传说。在高高的昆仑山巅，长着顶天立地的稻谷，它的每一粒谷米，都是珍珠和美玉。黄帝巍峨壮丽的帝宫，是百神聚议的地方，把守这座华美宫殿的天神，名叫陆吾，他有着英俊威严的面孔，背后却是老虎的身子和脚爪，还拖着九条尾巴……

然而，现实中的昆仑山，哪有什么天稻！哪有什么宫殿！哪有什么陆吾！它是一个严酷的冰雪世界。在这被称为"世界第三极"的冰冻雪国里，生活着我们的边防战士。告别父母，远离家乡，四面八方的稚子在昆仑山上被铸成了钢。在那场空前的民族灾难中，他们经受了更为惨烈的苦难，却始终像昆仑山一样，沉稳坚强地挺立着……

我曾急切地寻找所有描写昆仑山的文学作品。它们有的写得真好，令我赞赏、令我感叹。但每每于掩卷之后，又生出一丝淡淡的惆怅：这同我心中那座雄奇伟岸的高山，似乎并不能完全重合。像一架尚未调试到极佳状态的电视机，总有一点重影，有几行波动。

这怪不得别人。有一百个人，就有一百座昆仑山吧！

那座属于我的昆仑山，时时像雕塑一般，凸现在眼前。陆游的两句话，简直像为我写的："夜阑卧听风吹雨，铁马冰河入梦来。"

我想试着勾画我心中的那座昆仑山。

只是，我行吗？一个"文革"时期的初中毕业生，虽然有一张大专文凭，但那是医学的，与文学可不搭界。那场可怕的"革命"，中断了我们这一代人的学业。除了医学，对于数理化，对于文史哲，我似乎总停留在一个初中生的水平。无论怎样自学，无论怎样读书，就像一株误了生长期的植物，再也抽不出绿色的枝条。

我有繁重的本职工作，还有诸多头绪的社会工作，更有不可推卸的家务工作。对于一个女人来讲，在人生这座舞台上，不写小说，角色也已经够多够乱的了。像个蹩脚的棋手，与数个高手对弈，再添上一盘盲棋，我是否有这个勇气？

文学的小路上又是如此拥挤。好心的前辈谆谆告诫：写作是一桩极苦的事业，你推开的将是一扇"地狱之门"。

我跳到空中，像一个第三者一样，冷静地分析了一下我自己。不要抱怨命运吧。每一代人，由于历史的限制，都有自己特定的趋势。不必过于骄傲，也不必过于沮丧。如果把这叫作命运，那它是一回事，自己的努力则是另一回事。与我们每个人密切相关，可以左右的，是第二件事。我这个人别无长处，但是不怕吃苦。这要感谢昆仑山。我经历了那种罕见的艰难困顿之后，一般的苦便难不倒我。

电大中文专业招收自学视听生，我报了名。没有时间听课，见不到辅导老师，你想完成作业，可连作业题是什么都搞不清楚。更有甚者，有好些科目，连教科书都买不到。于是只有向别人借书来读，上午借，下午还。临到考试，便连书也借不到了。我有时颇感滑稽，觉得自己有点像高玉宝。记得参加第一门考试之前，内心紧张之余，竟感到有些凄楚，觉得这真是自找苦吃。

还好，我的成绩相当不错。一路考下去，我以各科平均八十多分、毕业论文"优"的成绩，结束了电大的学业。

现在，总该开始了吧！

唔，不行。学然后知不足。我这才知道自己太浅薄了。文学上那么多流派，那么多主义，那么多色彩。无数本名著等待你翻阅，无数位大家矗立在前头，压得人只能仰视。我又一头扎进书籍中去。

学习不是目的。学习是为了创造。没有学习，便没有创造。但总是学习，也没有了创造。我，必须开始了。

只是，在文学艺术界，我举目无亲。写出的东西。投往何处？倘是返稿，精神上受一次打击不说，别人若知道了，会不会嘲笑说风凉话？

曾盘桓于所有文学青年起步之初的种种顾虑，也像绳索一样羁绊着我的笔。

难啊！世界上最难战胜的敌人，就是你自己。

但毕竟，我还是写了。我写我心的一部分，一肚子的墨水，带着稀薄的血痕，留在了洁白的稿纸上。借此，献给我心中神圣的山。

感谢《昆仑》编辑部的海波同志。对一个素昧平生的业余作者的处女作，他立即予以关注，几天后就给我回了信。在小说的修改过程中，他付出了巨大的精力与心血。人们多知道海波是一位才华横溢的青年作家，殊不知他也是一位极端认真负责的编辑。我真诚地感谢《昆仑》编辑部对我这样的无名作者所给予的支持和帮助。

《昆仑殇》发表了。

电话铃不断，多是我的同学好友。自幼在北京长大，我有不少自幼儿园就熟的朋友。

"看了《人民日报》登的《昆仑》目录，那个写小说的毕淑敏，是你吗？"

"是我。"像所有初学写作的人一样，我实行了严格的保密。现在，人家找上门来指名道姓地问，只得承认。

"那篇叫昆仑……昆仑什么呀？我还不认识这个字。念昆仑汤？要不念昆仑场？"

"念殇。昆仑殇。"

"殇？是什么意思？"

"殇，就是死。"

"什么？昆仑死？写山就够没情绪的了，再加上死！哎呀，你写什么不行呀，偏写这个……"

我放下了电话。真抱歉，我写别的不行，只能写我最熟悉的昆仑山。

幸好以后见面时，朋友对我说："你的小说我看了。看过之后我沉默了好长一段时间，被一种很悲壮的情绪笼罩着……"

谢谢你，我的朋友！

沉默了好长一段时间！

这话说得真好。我至今认为这是所有赞扬声中最高的一句评价。

能使我们这一代人沉默的事情，不是太多的。我们同共和国一道，经历了过多的风雨，过多的喧哗。如今又被裹旋进高节奏的现代生活之中，留给我们沉默的时间太少了。沉默是一张白纸，它意味着思考之后将留下点什么。

我希望人们能记住在遥远的西部，有一座雄伟的高山。在那高山之上，有无数双警惕的眼睛和赤诚的心。我们花前月下的每一次聚会，星光璀璨下的每一夜安眠，歌舞升平中的每一声欢笑，都是他们用鲜血和生命换来的。我手中这支拙劣的笔，倘能传达出这种情感之万一，我心足矣！

万事开头难。我已经开了一个头，但开头以后的事，似乎更难。人，应该时时前进，超越自己。但超越，又谈何容易。好比爬山，我现在站在昆仑山的脚背处，举头仰望，险峰峻岩，好一条漫长的路！

每天 9 点 50 分

我在伏案敲击电脑，汉字像一串串成熟的果子，噼噼啪啪溅落在屏幕上。突然一个近在咫尺的喊叫从斜刺里砸过来：你得注意啦！你！还看什么看！说的就是你……

我吓得一哆嗦，手指按在电键上抬不起来。恰好那是叹号，于是一排小炸弹降落在散文优美的风景里。

抬头看壁钟，正是 9 点 50 分整。

非常准时。只要不是星期天，每天上午的这个时辰，我都要被这个男子惊天动地的呼喊，吓得头皮乍起。

他全然不顾他人的愤慨，继续我行我素地说着："好啦，甭往底下出溜，我都看见你啦……"

什么也写不成了。我只得站起身，恼怒地走到后凉台，去看制造这噪音的元凶。

我家的后面正对着一所中学。一块在乡下绝算不上宽敞但在城里却十分稀罕的操场，此刻被五颜六色的孩子占据着。说他们五颜六色是因为都穿着运动服，每个班级的色泽都不一样。这样从我所在四楼鸟瞰下去，就像一盘巨大而排列有序的跳棋。

那个发出震耳吼声的男子，也穿着同孩子们一式的运动衣，站在

远处的高台上。因为远，我从来没有看清过他的长相，只觉到花白的头发在一片黑发之上浮动，配着艳丽的服装，有一种轻微的滑稽。

"好。现在我们准备好，开始做第七套广播体操。第一节，伸展运动。一二三四，五六七八……"

他高声吟哦着那些枯燥的数字，抑扬顿挫，居然很有兴致。孩子们的方阵随着他的口令波浪般地起伏着，好像一群规矩的木偶。

我只好死心塌地地离了写字台，在凉台上抱着双肩耐心地等待这位老师把数字堆积到完结。

"后面那个男同学，你站直喽！这点冷算什么，缩着脖子像个老头，哪像个年轻人的样子？挺起胸膛来！"

他在远方的高台上向着我这个方向呼唤。

我俯下身去，果然看到一个靠墙根的男孩把陷在领子里的脖子梗了起来。随后我惊奇地发现，这一片的十几个孩子都把胸膛挺了挺，恍惚之间，好像他们都长高了一寸。

"那边有一个同学做操不使劲儿，我不点你的名字，给你留着面子呢！"

他朝另一个方向责怪着。

于是那边的孩子做得分外卖力，一招一式仿佛要同人打架似的。

我暗暗觉得好笑，觉得这是成人的伎俩，敲山震虎，围渊驱鱼，只能骗小孩子。他绝没有这么好的眼力，能在成百上千的孩童里察到拱手缩颈之人。但这一招很灵，所有的孩子都为之一振，觉着老师的眼光紧紧盯着自己，整个做操的方阵好像被绳子刹了几道，紧绷绷地振作起来。

正规做操过程持续约十分钟。隔着凉台的玻璃，我感觉到寒意像水一般漫进骨缝。他的声音像蓝花瓷碗，敞亮粗糙。低音区好像用油浸过，悠长地传出很远，由不得你不听。

每天我都要等到那个烟囱般的大嗓门熄灭了才能继续工作。他似乎有一种叫嚣欲，经过电声喇叭的扩充，弥漫所有空间。

这样一天天的习惯下去，我居然会在每天的 9 点 49 分就惶惶不安，然后下意识地停下手来，莫名其妙地等待着。直到那个声音如约响起，才像自己完成了一件什么事似的，安宁下来。

天天听，也听出了一些门道。体育老师有时候会感冒，锋利的话语中夹杂着艰难的咳嗽。有时候他的背会佝偻，使我看不见他的白发，只听见他的声音飘荡。有时候他的语调焦躁，但口令的韵律依旧有板有眼，天真的孩子觉察不出异样。有时候他的底气不足，透着睡眠不良饮食不周的疲惫。但只要"一二三四"一喊起来，他就像给自己加了油，声调越来越苍劲有力。

每天看别人操练，终于有一天，我也试着随老师的口令做起了操。这才发现，关节已那样僵硬，手脚已那样笨拙。不由自主地想偷懒，弯腰的时候像日本人鞠躬，身子伏下去，腰板还平平绷着劲。

"你那腰里绑着棍吗？为什么不弯下去？看什么看？说你呢！"我突然听到一声断喝，那暗哑的声音带着不可抗拒的威严，把我的腰按了下去。

我自然知道他不是在说我，还是猛吸了一口凉气，再不敢偷工减料。踏踏实实地做完操，只觉得全身舒畅。

从此天天随着体育老师的口令做操，已成习惯。

终于有一天，当我停下笔，在 9 点 50 分的时候，走到凉台。那个粗粝的声音不见了，代之以轻松亲切的录音广播，那女声柔美得如同泡泡糖。我一惊，急忙把眼睛凑近后窗。在嗅到凛冽清气的同时，

我看到体育老师平日站立的平台，今天空空荡荡。

他到哪里去了？

那一日，我没有做操。俯瞰下面的孩子，也像失了水的青菜，蔫成一团。我们已经共同习惯了那份严厉，那份粗率，那种含沙射影的批评，那种嬉笑怒骂的爱护……今天都没有了，消失在北国隆冬苍白的阳光里。

他怎么啦？生病了吗？调走了吗？退休了吗？是否再无音讯？

我看着壁钟，从9点50分滑到10点、11点……往日流畅的文字，竟无端地写不下去了。

以后的日子，每天都是那个甜美的录音指挥孩子们做操，伴以悠扬的乐曲。我自然知道这是一种进步，机械化大生产代替了人工的大嗓门。口令再不会突兀响起，前面的序曲令人心旷神怡。我有的时候会觉察不到已经到了做操的时间，不再惊讶地停笔，长期的条件反射很快淡化。

我不再被打扰，我也不再做操。任凭关节僵硬，任凭手脚笨拙。有时俯身下望，觉得操场上的孩子们也较前懈怠得多了。我有时很想拦住那所学校的某位老师，问问那个喊操的老师到哪里去了。又怕人家问我，你问他做什么呢？难道我要说，我天天在家里随着他的口令做操吗？

有时上午，写着写着，我会突然警觉地停下笔，像整装待发的火车头一样，仿佛要一跃而起。心想有一件事是一定要做的，却又怔怔地想不起是什么事。怅然之中，猛一抬头，看到壁上的钟，定定地指到了9点50分。

大概还需好久，这个毛病才可全改过来。

择书秘诀

小时候，送一位得病的同学回家。因为天晚，我赶不回住宿的学校，就住在她家的书房。她老爹是搞音乐的，我睡的沙发被顶天的书柜包围着，里面都是有关音乐的书，黑暗中像壁立的石崖。在我以为音乐书就是简谱歌本的心里，引起大震惊。

后来我结识了一位学化学的朋友，才知道这世界上有关化学的书，可以拉几个火车皮。

再以后，我到了一家搞经济和金属的公司，对于他们汗牛充栋的经济和冶炼金属的书，已是见怪不怪了。

世上的行业越分越细，有关的书就越来越多。古代的诗人说"读万卷书"的时候，全世界的书的总量，大约还是能够统计出来的（当然要看耐心）。现今信息爆炸，书的总量肯定是一个天文数字，再也没有人敢去计算了。

面对着恒河沙数一般的书，怎么读呢？

朱光潜先生说过："任何一种学问的书籍现在都可以装满一个图书馆，其中真正绝对不可不读的著作，往往不过数十部甚至数部。"

怎么在这浩瀚的书中，找出那些最优秀、最值得一读、最对自己

脾气的书呢?

对于以前的书，我们好歹还有时间这只公正的胳膊可以依傍，风起云涌的新书，更令我们双眼迷离。万般无奈之下，总结出几点择书的诀窍，平日是绝不敢对别人谈的，恐遭人批判。今日斗胆写在这里。

一是不看最新的书。

最新的不一定是最好的。我不愿做第一个吃螃蟹的人，心地很是自私。愿自家在暗处躲着，看别的英勇的人们去吃，然后注意地听其中的有智之士的言语。待人家说好，这才找了来看，颇有投机革命的意味儿。好处是可以节省自己的时间，避免无谓的消耗。坏处是当别人津津乐道某一书坛新秀时，自己丈二和尚摸不着头脑，一派混沌。议论时，若是那一瞬诚实心理占上风，就鼓足勇气说自己还没有读过。虚荣心理占上风时，就哼哼哈哈地敷衍几点从他处拾得的牙慧，遮掩自己的落伍。

二是不相信报纸杂志上的书评。

这招虽恶，然也是积攒了许多血汗的教训才得来的。早先是信的，且不是一般的信，真是信得忠心耿耿，听人说了哪书好，千方百计地买了来。但很失了几次望之后，就渐渐狡猾起来。鉴于贿买书评的消息时有所闻；出版社为招徕读者，也常做自吹自擂的游戏；朋友间的友情出演也是屡见不鲜……凡此种种，我都可理解，报以一笑。如今的文人不容易，出一本书不容易，希望闹出些声响也是情理中的事。但既已知了路数，要我仔细去看那背景叵测的评论，终是心有余力不足了。这种"打击一大片"的狭隘观点，弊病自是不用讲了，我冤屈了不计其数的好评论，晚看了不计其数的好书，也是罪有应得的下场。

三是在自家心中列了一个秘不传人的黑名单。

无论中国外国，有一些人的书，我是一定不读的。有一些人的文章，我是一定不看的。这并不是依了某种政治或是艺术的神圣标准，只是自己的癖好。也不是从一开始就这般决绝，最少需看过三次，才肯下这打入冷宫的狠心。我对任何一种第一次接触的风格或领域，都

格外认真，仿佛对待一块挖自深山的宝玉，是慎之又慎。倘若不喜欢，一定是责怪自己的浅薄，无法理解其中的微言大义。第二次读时，就换一个更舒适的姿势，寻一个更安宁的时间，酝酿一个更清明的心境。倘还不热爱，第三次就需正襟危坐，殚精竭虑如履薄冰地皱着眉咬着牙地思索着读下去……但事不过三。假若最后还是看不懂，不喜欢，我一边咒骂着自己的弱智，一边痛下决心，含泪同这位旷世的奇才告别。除非将来谁告诉我，这位天才发生了翻天覆地的变化，我才有胆量重试一遭读他的书。一般情形下，那黑名单是终身制的。

这法子的恶果真是太硕大了，我同多少俊杰交而复失！然伤感之余，想到人读书的口味也和那个爱得溃疡的胃有些相似，某些食品虽是公认的好，比如辣椒，但自己不喜欢，也没法受纳。

说了这许多"不读"的清规，那自家根据什么来选"读"的篇目呢？说来惭愧，遵循的是古老极了、手工极了、简陋极了、迟钝极了的土方子。

这就是有学识、有肝胆、不媚俗、不功利的师长与朋友的口口相授。

倘他们说某一本书值得一读，便是踏破铁鞋也要寻到。

再有就是独自在书海乱翻。拣到一本，先像化验游泳池水是否清洁一般，任意取几个样——把书翻开，随便读几段。然后再看结尾，我以为一个好的结尾比开头更说明作者思维深度和控制的力度。最后再装作无意其实非常认真地看一眼价格（即使对于图书馆的书，我也会看）……

凭的是冥冥之中与某本书的缘分。

美味的菌子

　　十几岁，正是长身体的时候，如果家中有条件，会让这个年纪的孩子吃很多富有营养的食物，比如豆腐、鸡蛋、牛奶等。如果不是很富裕，妈妈也会让你多吃五谷杂粮，变着法子粗粮细作，以增强你的体质，让你能茁壮成长。

　　十几岁，也是长思想的时候，你会从一个儿童渐渐向一个少年和青年过渡，也要有充分的营养供给补充自己的脑子。我说的这个补脑，不是指的用什么营养液或是鱼油之类的保健品，而是指你将摄取怎样的价值观、审美观进入你的思维体系，你将把目光投向何方，以初步定下自己的奋斗目标。这个时候，选择什么是非常重要的。

　　好多年前，我和朋友一道去云南横断山深处工作。一日雷雨过后，在路上走得人困马乏（我们没有真正的马，只有一辆旧汽车），停下来找了户人家休息。等候吃饭的间隙，我四处乱转。小屋旁边就是遮天蔽日的原始森林，主人叮嘱我千万不要走远，在密林中迷了路或遭了蛇咬麻烦就大了。我漫声应着，四处观赏，突然在一棵大树下发现了一捧欣欣向荣的蘑菇。它们占据了脸盆大小的一块湿地，蘑菇伞丰厚润泽，中心是赤血红色，周围镶着亮蓝色的窄边，不规则地嵌

着金光闪闪的斑点，如同金刚鹦鹉的羽毛五彩斑斓。我不由得揉了揉眼睛，为大自然的杰作所倾倒。我跌跌撞撞地跑回小木屋，对正在灶边忙碌的女主人说："中午要加一个菜，无论你要多少钱。"

女主人翻炒着锅中的青豆，头也不抬地问："啥子菜吆？"

我说："蘑菇。我在你们家的旁边发现了一片蘑菇，长得茂盛极了。不知是你们种的还是天然生长的？"

女主人抬起头："你说的是啥东西？我不知道。"

我绘声绘色地把那丛蘑菇的形态描绘了一番，女主人说："噢，是菌子啊。"

我这才晓得，当地人是用书面语"菌"来称呼蘑菇的，很有书卷味道，可那一刻饥肠辘辘的我，最感兴趣的是尝一尝熟菌子的味道。我摩拳擦掌道："你很忙，我去把菌摘回来吧。"

女主人疾呼："采不得！"

我说："是别人家种的吗？"

女主人说："那是毒菌！"

我失声道："它们那么美丽……"

女主人说："美丽有啥子用啊，越是美丽的菌子越是有毒啊，吃了是要死人的。"女主人一边说着，一边把另一盘洗好的菌子倒进炒锅。那些菌子已经被撕扯开了，不再是长在地里时的完整模样。但粉红色的伞上缀有金黄的条纹，如同盛开的百合，依然异常娇艳。也可能是饿得头发昏，一瞬间，我恍惚觉得女主人是否为巫婆所变，因为我们误闯入了她的领地，所以特地化作厨师，要用毒蘑菇结束我们的生命，以示惩罚？

女主人好像看出了我的疑惑，露出洁白的牙齿笑笑说："你看这菌子也很花哨，好像有毒一样，可它是没毒的。不信，你尝一尝，鲜美得很呢！"说着，女主人把已经炒熟的菌子盛了半碗给我。

看着她诚恳的目光，我毫不犹豫地把菌子吞了下去。我必须承认，这是我生平吃到的最神奇的菜肴之一，带着妙不可言的森林的味道，唯一的遗憾是熟菌子不再鲜艳，变成了中规中矩的黄褐色。

我问："这些菌子长在树林中的时候，是什么样子？"

女主人说："美得很！比你看到的那些菌子还要美，我们都叫它仙女菌。"

我一边暗叹自己一不留神把"仙女"吃掉了，一边又生疑问。我说："你刚才不是讲越是漂亮的菌子毒性越大，可到了仙女菌这里，这条规则却不管用了。到底怎样才能识别菌子的好坏呢？"

女主人已经做完了饭菜，解着围裙对我说："从菌子的长相来断它有没有毒，是最皮毛的法子，真正有准头的是经验。以前有很多人吃过了，用命试过了，知道了什么菌子好，什么菌子不好，一辈辈传下来……"

女主人的这些话和菌子的美味，被我的胃和脑子一并收纳，记到了今天。世上有很多文章，如同大森林中的蘑菇，形形色色五花八门。很多人读过了，就像是采蘑菇吃蘑菇的人。有些书干燥乏味，如同普通的菌子，可吃，但营养有限。还有一些菌子，就像我看到的那丛毒菌，外表艳丽夺目，却是有害的。有些人吃了味美的好蘑菇，就推荐给自己的朋友和更多的人一起品尝。

好的书吸收了大地的营养，沐浴了太阳的光芒，凝结了中外哲人的智慧，积聚了幽默和沉思的精华。读者们读完，增加了气力，丰富了知识，心情变得愉快，脚步也会更加轻捷。

阅读是一种孤独

阅读的感觉难以比拟。

它有些像吃。对于头脑来说，渴望阅读的时刻必定虚怀若谷。假如脑袋装得满满当当，不断溢出香槟酒一样的泡沫，不论这泡沫是泛着金黄的铜彩还是热恋的粉红，都不宜于阅读，尤其是阅读名著。

头脑须嗷嗷待哺，像荒原上觅食的狼。人愈是年轻的时候，愈是贪吃。随着年龄的增长，我们吃得渐渐少了，但要求渐渐精了。我们知道了什么于我们有益，什么于我们无补。我们不必像小的时候，总要把整碗面都吃光，才知道碗底下并没有卧着个鸡蛋。我们以为是碗欺骗了我们，其实是缺少经验。有许多长寿的人，你问他常吃什么食品，他们回答说：什么都吃，并无特殊的禁忌。但有许多东西他们只尝一口，就尖锐地判断出成色。我想寿星佬的胃一定都是很坚强的，只有一个坚强的胃才能养活得了一个聪明的脑。读书也是一样，好的书，是人参燕窝熊掌，人生若不大快朵颐，岂不白在世上潇洒走过一回？坏的书，是腐肉砒霜氰化物，浪费了时间贻误了性命。关于读什么书好的问题，要多听老年人的意见，他们是有经验的水手。也许在航道的选择上有趋于保守的看法，但他们对于风暴的预测绝对准确。名著一般多是经过了许多年代的考验，是被大师们的智慧之磨研磨了无数遭的精品。读的时候，像烈火烹油的满汉全席，为大享乐。

它有些像睡。我小的时候，当我忧愁，当我病痛，当我莫名其妙烦躁的时候，妈妈总是摸着我的头说，去睡吧。睡一觉也许就好了。睡眠中真的蕴藏着奇妙的物质，起床的时候我们比躺下时信心倍增。阅读是一种精神的按摩，在书页中你嗅得见悲剧的泪痕，摸得着喜剧的笑靥，可以看清智者额头的皱纹，不敢碰撞勇士鲜血淋淋的创口……当合上书的时候，你一下子苍老又顿时年轻。菲薄的纸页和人所共知的文字只是由于排列的不同，就使人的灵魂和它发生共振，为精神增添了新的钙质。当我们读完名著的最后一个字时，仿佛从酣然梦幻中醒来，重又生机盎然。

它有些像搏斗。阅读的时候，我们不断同书的作者争辩。我们极力想寻出破绽，作者则千方百计把读者柔软的思绪纳入他的模具。在这种智力的角斗中，我们往往败下阵来。但思维的力度却在争执中强硬了翅膀。读名著的时候，我常常在看上一页的时候，揣测下一页的趋势。它们经常同我的想象悬殊甚远。这种时候我会很高兴，知道自己碰上了武林高手。大师们的著作像某一流派掌门人的秘籍，记载着绝世的功法。细细研读，琢磨他们的一招一式，会在潜移默化中悟出不可言传的韵律。只是江湖上的口诀多藏之深山传之密室，各个学科大师们的真迹却是唾手可得。由于它的廉价和平凡，人们常常忽视了它的价值。那是古往今来人类最智慧的大脑留给我们的结晶啊！我一次次在先哲们辉煌的思辨与精湛的匠艺面前顶礼膜拜，我一次次在无与伦比的语言搭配之下惊诧莫名……我战胜自己的怯懦不断地阅读它

们，勇敢地从匍匐中站起。我知道大师们在高远的天际微笑着注视后人，他们虽然灿烂却已经凝固。他们是秒表上固定了的纪录，是一根不再升高的横杆。今人虽然暗淡，但我们年轻。作为阅读者，我们还处在生命的不断蜕变之中，蛹里可能飞出美丽的天鹅。在阅读中，我们被征服。我们在较量中蓬勃了自身，迸发出从未有过的力量。

阅读是一种孤独。几个人共看一本书，那只是在极小的时候争抢连环画。它同看电影看录像听音乐会是那样不同。后者是一块巨大的生日蛋糕可以美味地共享，前者只是孤灯下的一盏清茶，只可独啜，倾听一个遥远的灵魂对你一个人的窃窃私语。他在不同的时间对不同的人说过同样的话，但你此时只感觉他在为你而歌唱。如果你不听，他也不会恼，只会无声地从书页里渗出悲悯的叹息。你"啪"地合上书，就把一代先哲幽禁在里面。但你忍不住又要打开它，穿越历史的灰尘与他对话。

阅读名著不可以在太快乐的时光。人们在幸福的时候往往读不进书。快乐是一团粉红色的烟雾，易使我们的眼睛近视。名著里很少恭维幸运的话语，它们更多是苦难之蚌分泌的珍珠。

阅读名著也不可在太富裕的时刻。阅读其实是思索的体操，富裕的膏脂太多时，脑子转动得就慢了。名著多半是智者饿着肚子时写成的，过饱者是不大读得懂饥饿的文字的。真正的阅读，可以发生在喧嚣的人海，也可以坐落在冷峻的沙漠。可以在灯红酒绿的闹市，也可以在月影婆娑的海岛。无论周围有多少双眼睛，无论分贝达到怎样的嘈杂，真正的阅读注定孤独。那是一颗心灵对另一颗心灵单独的捶击，那是已经成仙的老爷爷特地为你讲的故事。

　　早年读鲁迅关于写作技巧的传授，有一条叫做——一直写下去，不要回头。

　　那时年轻，很有些不解。为什么不能回头呢？看看自己的脚印，歪斜了就校正，如果笔直，便一直走下去，有什么不好呢？

　　存疑。很多年。有一天，忽然就懂了。原来，鲁迅在传授和不自信作斗争的经验。面向前方，坚定地走下去，任它成功或是失败，不再计较，只是一味地挺进。

　　这句话说起来容易，做起来，难。头在你的颈子上，稍有犹疑，椎骨就会螺旋般地转回，眸子就看到了你熟悉的一切。它们拧成一道拽你后退的绳索，牵着你，退缩。

　　身后，是熟悉的一切，尽管它有令人不悦不满以致腐朽发臭的地方，但我们曾长久地浸泡其中，习惯成自然了。即使是令人痛苦的体验，我们也已经承受并忍耐，熬过了。向前，一切是陌生和昏暗暧昧的，在它若隐若现的浑浊中，藏身着莫名的危险和恐惧。这种未知带来的不安和焦虑，在强度和广度上，甚于我们已然经受的痛楚。

　　于是，回头就不是单纯的一个脖子的动作，而是心灵的扭曲和

颤栗。

写作也如此。新生的念头是如此脆弱和飘忽，它可以很锐利，但是不沉厚。它可以很空灵，但是不扎实。它可以很幽默，但是不持久。它可以很美妙，但是不坚固……总之，任何一个新生儿有的优点它都具备，但是它也义无反顾地具有一切婴儿所有的弊病。它是朝气蓬勃和易折易断的。否定的锄头，不必太强烈，轻轻一点，都会使它在焦土中窒息。

鲁迅好心肠。我猜他早年也是不断回头的，后来吃了苦头，才有这般肺腑之言。到了晚年，敢回头了。回多少次头，也无法击毁他决战的信念。但他已不屑回头，不回头成了习惯。他的矍铄和坚韧，很多即来源于此吧？鲁迅体恤后人，教个诀窍给我们。他不讲这是为什么，只是说，你们若信，就这样做吧。你当真的听了他的话，试上几次，定体会到奥妙和乐趣。

练练看，不回头。你就发现，行进的速度快了许多，心情好了不少。回头是土，向前是金。

第五辑

穿过薄薄世界，
遇见你

爱自己是最简单也是最复杂的事情，
它不需要任何成本，
却需要一颗无畏的灵魂。
我们每个人都是不完满的，
爱一个不完满的自己是勇敢者的行为。

平安扣

女友送我一只翡翠平安扣，红丝绳系着。它碧绿地沉重地坠在我的胸口，澄清中透出云雾状的"棉"，水色迷蒙。扣的正中心有一个完整的孔，仿佛一支竹箫横断。清冽的空气在扣中穿行，染出一缕青黛。

我问友人，它是真的翡翠吗？

友人说，只是经过化学处理的石头而已。

我把平安扣摘下来说，既然是假的，那还有什么意思呢？我看，这平安扣倒很像一枚铜钱。

朋友抚摸着平安扣说，它和铜钱实在是大不相同。铜钱外圆内方，上书"××通宝"的字样，内芯尖锐刻板，实在是锱铢必较之相。平安扣不着一字，外圈是圆的，象征着辽阔天地混沌无限。内圈也是圆的，祈愿我们内心的平宁安远。在它微小的空间里，蕴含了整个壮丽的大自然。它昭示当你的心与天地一致时，便有了伟大的包容与协调，锁定了你的平安。

我叹了口气说，讲得虽好，但世事维艰，我们脆弱的心，在历经沧桑之后，怎样才能清风朗月圆润如初？

友人陪着我叹气说，是啊！没人能承诺我们一生永远晴天，没人能预知草莽中潜藏着毒蛇，没人能勾勒出命运的风刀霜剑，没人能掐算出何时将至大限……从这个意义上讲，纵用尽天下翡翠，打凿出如泰山那般大的一枚巨型平安扣，悬挂在星辰间，也是没有丝毫用处的。然而，外界虽不能把握，内心却可以调适。任你弱水三千，我自谈笑风生，谁又能奈何我们呢？你我也许不知道，命运将在哪一个急转弯处踉跄跌倒，但我们确知，即使匍匐在地，也依然强韧地准备着爬起……

我把石头雕成的平安扣重又挂在颈上。

友人说，送你的翡翠是假，平安的祝福是真。每个人，都是自己的平安扣啊！

友情如鞭

　　一次，一个陌生口音的人打电话来，请求我的帮助，很肯定地说我们是朋友（我们就称他 D 吧），相信我一定会伸出援手。我说我不认识你啊。D 笑笑说，我是 C 的朋友。我不由自主地对着话筒皱了皱眉，又赶紧舒展开眉心。因为这个 C 我也不熟悉。幸好我们的电话还没发展到可视阶段，我的表情传不过去，避免了双方的尴尬。

　　可能是听出我话语中的生疏，D 提示说，C 是 B 的好朋友啊。

　　事情现在明晰一些了，这个 B，我是认识的。D 随后又吐出了 A 的姓名，这下我兴奋起来，因为 A 确实是我最要好的朋友之一。

　　D 的事很难办，须用我的信誉为他作保。我不是一个太草率的人，就很留有余地地对他说，这件事让我想一想，等一段时间再答复你。

　　想一想的实质——就是我开始动用自己有限的力量，调查 D 这个人的来历。我给 A 打了电话，她说 B 确实是她的好友，可以信任的。随之 B 又给 C 作了保，说他们的关系非同一般，尽可以放心云云。然后又是 C 为 D 投信任票……

　　总之，我看到了一条有迹可循的友谊链。我由此上溯，亲自调查

的结果是：ABCD 每一个环节都是真实可信的。

我的父母都是山东人，虽说我从未在那块土地上生活过，但山东人急公好义的血浆，日夜在我的脉管里奔腾。我既然可以常常信任偶尔相识的路人，又有什么理由不相信自己朋友的朋友呢？

依照这个逻辑，我为 D 作了保。

结果却很惨。他辜负了我的信任，是个见利忘义的小人。

愤怒之下，我重新调查了那条友谊链，我想一定是什么地方查得不准，一定是有人成心欺骗了我。我要找出这个罪魁，吸取经验教训。

调查的结果同第一次一模一样，所有的环节都没有差错，大家都是朋友，每一个人都依旧信誓旦旦地为对方作保，但我们最终陷入了一个骗局。

问题出在哪里呢？我久久地沉思。如果我们摔倒了，却不知道是哪一块石头绊倒了我们，这难道不是比摔倒更为懊丧的事情吗？

那条友谊链在我的脑海里闪闪发光，我终于怀疑起它的含金量来。

这世上究竟有多少东西可以毫不走样地一代一代地传递下去？嫡亲的骨肉，长相已不完全像他们的父母。孪生的姊妹，品行可以天壤之别。遗传的子孙，血缘能够稀释到十六分之一、三十二分之一。同床的伴侣，脑海中缥缈的梦境往往是南辕北辙。高大的乔木，因为环境的变迁，异化为矮小的草丛。橘树在淮南为橘而甜，移至淮北变枳而酸。甚至极具杀伤性的放射元素，也有一个不可抗拒的衰变过程，在亿万年的黑暗中，蜕变为无害的石头……

人世间有多少不以人的意志为转移的规律，其中也包括了我们最珍爱的友谊。

友情不是血吸虫病，不能凭借口口相传的钉螺感染他人。兵无常势，水无常形。变是常法，要求友谊在传递的过程中像复印一般的不走样，原是我们一厢情愿的幼稚。

道理虽是想通了，但情感上总是缩着大而坚硬的疙瘩。我看到友情的传送带，在寒风中变色。信任的含量，第一环是金，第二环是锡，第三环是木头，到了 C 与 D 的第四环，已是蜡做的圈套，在火焰下化作烛泪。

现代人的友谊如链如鞭。它羁绊着我们，抽打着我们。世上处处是朋友，我们一天在各式各样友情的旋涡中浮沉。几乎每一个现代人，都曾被友谊之链套牢，都曾被友谊之鞭击打出血痕。于是我常常在白日嘈杂的人群中厌恶友情，羡慕没有友谊只有利益的世界。虽然冷酷，然而简洁。到了月朗星稀的夜半，当孤寂的灵魂无处安歇时，我又如承露的铜人一般，渴盼着友人自九天之上洒下琼浆。

现代人的友谊，很坚固又很脆弱。它是人间的宝藏，须我们珍爱。友谊的不可传递性，决定了它是一部孤本的书。我们可以和不同的人有不同的友谊，但我们不会和同一个人有不同的友谊。

友谊是一种易变的东西，假如它不是变得更好，就是不可抑制地变坏了，甚至极快地消亡。有时，在很长一段岁月里，友谊似乎是一成不变的，保持很稳定的状态。这是友谊正在承受时间的考验。

这个世界日新月异。在什么都是越现代越好的年代里，唯有友谊，人们保持着古老的准则。朋友就像文物，越老越珍贵。

友谊是一种生长缓慢的植物，砍伐它只需要一斧一瞬，培育它则需一世一生。当然，也有在刹那间酿出友谊的醇酒的，但那多需要

极严酷的环境，或是泰山压顶，或是血刃封喉，于平常人是不大相干的。

友谊说起来是极宽广极忠厚的襟怀，其实又是很自私的。它的不可转让性就是明证。它只是一个个体对另一个个体单枪匹马的承诺，时间地点都有严格的限制，馈赠不得的。

在老家是朋友，到了深圳就不一定是朋友。穷的时候是朋友，富了以后很可能就谁也不认识谁了。小的时候是朋友，老的时候或许形同陌路。不信掏出我们每个人的电话簿，你就会发现，前些年经常联系的友人，现在已不知他们飘零何方。有些人已经反目，我们甚至不愿意再看到他们的名字。

友谊还需滋养。有的人用钱，有的人用汗，还有的人用血。友谊是很贪婪的，绝不会满足于餐风饮露。友谊最简朴同时也是最奢侈的营养，是需要用时间去灌溉的。友谊必须述说，友谊必须倾听。友谊必须交谈的时刻双目凝视，友谊必须倾听的时分全神贯注。友谊有的时候是那样脆弱，一个不经意的言辞，就会使大厦顷刻倒塌。友谊有的时候是那样容易变质，一个未经证实的传言，就会让整盆牛奶变酸。

友谊之链不可继承，不可转让，不可贴上封条保存起来而不腐烂，不可冷冻在冰箱里永远新鲜。

正确地讲，友谊是没有链的，有的只是一个个孤立的小环。它为我们度身而做，就像神话中的水晶鞋，换一只脚就套不进去。它是一种纯粹个人栽植的情感树，树上只结一个果子，叫作"信任"。

红苹果只留给灌溉果树的人品尝，别的人摘下来尝一口，很可能酸倒了牙。

背窗而立

　　我和迟子建是读研究生时的同学。在两年多的时间里，我们之间交谈过的话大约不到一百句。这主要是因为我在上学之余，还担当着一个有十几位医生的小卫生所的所长。一下了课，就匆匆赶回单位上班，几乎无暇同任何人说话。以至于有的编辑说，他们多次去学院组稿，在同学堆里从未见过我，言下颇有我是个落落寡合之人的意思。

　　其实只是因为忙。

　　每天在学院上完课吃完午饭，我就背着书包往单位跑。假如天气好，就会在饭厅旁的藤萝架下，看到一个女孩依着清冷的石凳，慢慢地吃她的饭。她吃得很仔细，吃得很寂寞，一任凉风扬起她悠长的发丝。其实文人们聚在一起吃饭是很快活的时光，以她的聪慧和美丽，是很可以成为谈话的中心的。我想她这样做，怕是在有意逃避瞩目与喧哗。

　　这女孩就是迟子建。

　　我有很多次想对她说，还是到屋里去吃饭，在这样的风口上，长久下去，胃怕是要痛的。这话在心里翻腾得失去了棱角，但终于还是没有说。我怕打扰了属于她的那一份宁静。

我还同迟子建参加过一次外国使馆召开的文化研讨会。许多同学都抢着发言，显露雄辩的才华。我以为迟子建一定会发言的，但是她自始至终沉默着，什么也没有说。散会的时候，我问她为什么不说话呢？她反问说你为什么不发言呢？我说我很不习惯在人多的场合说话。她说她也是。我们就在北京冬天寒冷的空气中对视着微笑了，互相有一种同道的快活。

要描述对一位女作家的印象，人们最先想到的是她在伏案写作。但是，我真的不知迟子建写作时是怎样的习惯，是喜欢打夜车还是黎明即起？也许因为是同行，就像两个农人，我们不再注意何时下种何时收割，我们只是参观彼此的谷仓，抠一抠谷穗是否成熟……

我到过迟子建在哈尔滨的家。

那房间的书卷气与女孩的情趣，那种舒适与实用的和谐与统一，甚至连墙上她信手涂来却浑然天成的画和她的拿手好菜，都在我的意料之内。

但唯有一点例外。

在临街的窗口，摆着一张写字台。规模之大，可同我见过的一位拥有上亿资财的女强人的老板台媲美。

那写字台是背对着窗户面向门的，就有了一种脱离喧嚣君临自我世界的威严。

我见过许多文人的书桌，要么审时度势因陋就简在房屋旮旯为自己凑合一块地盘，抬头就是墙壁。要么凭窗而立，隔着玻璃冷眼观察外面的世界。

迟子建所选择写字台的位置，有一种我深感敬佩的勇气在里面。想黛夜之时，她在写作的瞬间抬起眼来，会看到她笔下的人物在地毯上跳舞吧？

　　我总以为要了解一位作家，读他的作品比认识他这个人更为重要。人是可以因了种种的情势而作假，但要在洋洋洒洒几百万的文字里一如既往地说谎，怕不是凡人做得到的。

　　我喜欢读迟子建的作品。

　　我在读我喜欢的作家的作品的时候，脑子里就会浮升起一片颜色。

　　比如读海明威，我就总感到有一种无所不在的钢灰色笼罩着我周围的空气。那种颜色很坚硬，敲之有锈了很久的铜的音色，暗哑但仍有强大的金属力度。

　　读张爱玲的时候，是明亮而尖锐的银粉色，耀眼奢华而又有杂有暗淡剥脱的赭色斑块。

　　读迟子建的时候，我总是看到莹莹白雪、绿色的草莽和一星扑朔迷离的殷红。

　　无论她是写童年还是今日的都市，这几种颜色总是像雾岚一般缠绕在字里行间。

　　我想，那白色该是她对写作与人生的坦诚和执着。

　　我想，那绿色该是她对大自然刻骨铭心的爱戴与敬畏。

　　那跳荡的殷红色，该是一尊神奇诡谲的精灵在远处诱惑着她，牵引着她，渡她飞升。

　　愿她的胃不会同她捣乱，愿她在宽大的写字台上，将那白色、绿色与血色的樱红，铺陈得更加绚烂。

铁树一样的朋友

朋友这种宝贵的矿藏，不是白白得到的。

要得到最好的友情，首先要把自己当作最好的朋友，让自己觉得自己是被信任的，是被尊重的，然后你才会尊敬别人。

如果不尊重一个人，却想得到他的倾情相助，那不但是不可能，而且是不道德的。

我曾经很努力地照料一盆花，但那盆花还是死了。浇灌一盆花，姑且如此不易，照料一个朋友，当然也不是轻而易举的了。

朋友要处得长久，你一定要真性情。因为你若是假装，天长日久的，就太辛苦了。朋友也为难，因为他或她所喜爱的那个人，不是真正的你，而是一个伪装的你，这岂不是太荒谬？

当然，这种关系要求你的朋友也以真相示人，这样才能分辨大家是否真的投缘。如果彼此都真实并且喜欢，友情就牢固，经得起岁月淬火。如果彼此不能接受，那就友好地分手，互祝珍重。

要有时间听朋友唠叨，这几乎是一种时间的储蓄，因为你听他唠叨了，当你有这种需求的时候，他才有可能听你唠叨。听的时候要快，但反应的时候要三思而后行。

要有时间陪着朋友默默地走路，什么也不说，心却已然相知。

这样的朋友就像植物中的铁树，苍翠地绿着，很多年才开一次花。那花嫣然一笑，彼此都珍贵。

　　我喜欢丝绸和瓷器。不仅因为它们是中国历史上最值得骄傲的发明之一，是中国古代脚力最矫健、行走最远的商品，更因为它们独特的俊美。任何一种人工的纤维，至今都无法抵达丝绸的高贵和精彩，就算表面上模拟的有几分似了，一贴到皮肤上，那感觉也全然不同，人的触觉和天然的丝绸更熨帖。瓷器呢，简直就是魔法师。来自大地的凡土，经过艺人的手和火焰的烘烧，成仙得道，变得光洁如水、晶莹夺目。总感到瓷在用这造化，表达意味深长的哲理。

　　那年国庆，我在江西景德镇做了一个青瓷的瓶。起初，在女师傅的摊子上，琳琅满目的样品让我一时无法确定到底做个什么物件好。看出我的犹疑，女师傅说："就做个瓶吧。"

　　我这时一眼看上了一个盘子的坯，问："做个盘不好吗？"

　　女师傅说："盘也好。不过要是我，还是会选瓶。"

　　"为什么呢？"我当然要问。

　　"瓶，代表平顺安宁啊。你没见中国古代的案几上，人们都摆瓶的。天天看到瓶，念叨着瓶，就是一种许愿，人就会平安的。"女师傅慈眉善目地说。

别给人生
留遗憾

面对古人这种饱含心理学暗示疗法的理由，你还能抗拒吗？于是，就动手来做瓶。

想手下这温润的泥，在混浊杂乱的深壤中，闭目养神了千万年，突然间就见了太阳。原本面目模糊无筋无骨的粉尘，被劳动赋予了形体，就成了花瓶或盘盏的坯。它鲜白、柔和、素净、温软，一如晨曦初现时的清爽。女师傅端来一碟黑色的液汁，把毛笔递给我，道："在瓶上，写好你想说的话，画上你喜欢的图。"我说："手笨，恐怕写不好画不好的。"女师傅说："自己写的画的，好看不好看并不要紧，意义格外不同。"见我执了笔，她又叮嘱道："这碟子里就是古法青花的染料，你看它是黑色的，烧过之后，就变成靛蓝色了。记得要事先想周全啊，下笔之后，就没法再改了。"

我屏住气，画上了几笔，写上了几个字。这些字和画，驮着我的心意，沁入了青瓷泥坯的肌肤。署上时间和名字之后，我问师傅："然后呢？"

师傅说："然后你就把它交给我。它会被送到古窑，要整整烧它三天共七十二小时。"

我问："然后就好了吗？"

女师傅轻叹了一口气说："那可也不一定。要看这瓶的运气呢。要是炸了裂了，都没有法子。总会有这样的事儿，我们退你钱。但愿你这瓶平安。"

之后，我回了北京，静静的等待中充满了惦念。常常想到这个瓶正在熊熊的炉火中修行，烈焰包绕，熠熠生辉。如同我们的意志，经过了磨炼和时间，才能与万物黏成一体。青瓷之中，凝固了大地的疆土，吞咽了江河的净水，吸附了一些古老手艺的染料，那里面有稀有元素的玄妙配方。还有动物皮毛扎束起的笔锋灵韵，那是狐狸的尾巴吧？我描画图案、书写姓名的时候，从笔尖看到了一点跳动的金红色。瓶身上有我和家人的名字，代表着我们的身心。奔突的炉火如炙红的绸，要围绕着它旋舞三天。它会灼痛吗？祈愿这个瓶没有砰然炸裂，没有琐细的网纹，它从容轻巧安然涉险不动声色地跨过火海，终于又重回云淡风轻的人间。想起明朝时的海船，载了万千的青花瓷器，遭遇风暴沉入海底，几百年波涛翻滚环伺四周。一朝出水后，那瓷器们依然娇蓝着雪亮着，一如北欧少女飞扬的眸。纵是出了意外成了废品，击打后，爆成数不清的碎片，也可以镶在墙上地上，成一幅残缺的装点。

终于，那瓶被安全地送达了我家。打开包装的一瞬，我又一次屏住了呼吸。

我终于又看到了它，恰如灾难后亲朋重逢。经过千度以上的高温浴洗，它亭亭玉立，一如既往的周正、安宁、温润、亲切可人，让人想起满月时分风平浪静的海，毫无瑕秽地闪着银钻般的微光。这瓶最显著的变化是不再柔软，弹之铮铮作响，犹若侠骨激荡。

我看到了那瓶身上的图案，一丛兰花娴雅地开放着，仿佛有沁人心脾的幽香逸散而出。我母亲名中有一个"兰"字，谨以此瓶寄托我无尽的思念。

我看到了那瓶身上手书的两个字——"幸福"，清晰坚定，蓝得振聋发聩，宛若蚀刻到了瓶的骨。

台　灯

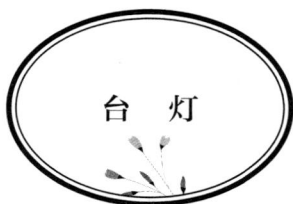

　　忘了是哪一年，我还在一家工厂做医生。发下一张表，说是要填家中都有什么大件的享用品，比如冰箱、电视机什么的，似乎要做一个统计，以证明人民的生活水平有了很大的提高。我一项项如实填来，在电视机的后面打了个钩，在电冰箱后面打了个叉。突然见了一项——"台灯"。

　　看我愣在那里，一旁的人说，啊呀，你连自己家里有没有台灯都忘了吗？我忙分辩道，不是记性不好，是想不通台灯也能算大件？它个头不大，费电也不多，买下来也不贵，为什么要把它隆重地列在这里呢？

　　那个人不能回答，就把话题岔开了。我当时的职业是工厂卫生所的内科大夫，几天之后，负责统计这表的干事正好来看病，我顺便把疑问提出。那干事一把鼻涕一把泪（他患重感冒）地说，台灯本身当然算不上大件，可你没书桌，会要台灯吗？家里场地若不是足够大，一盏灯足够，还用买台灯照亮吗？要是吃了上顿没下顿的，你有闲情逸致置办台灯吗？

　　他的反问和他的咳嗽一齐抵达我的耳鼓，从此我铭记了台灯的意义。

我家最早的台灯有一圈绿色的纱罩，光好像是从蜻蜓翅膀的背后发出来的。"文革"了，纱罩朽了。街上根本无台灯出售，只有"臭老九"才读书，他们都被批判了。我用电影胶片重新编了一个罩子，扣在灯泡之上。早先洁净的柔绿被污浊替代，光柱透过影片中正反人物的身体，坠成了斑斓而芜杂的斑。

后来到了西藏，每晚在短暂的柴油机发电之后，就靠油灯和蜡烛度过长夜。油灯和蜡烛是不能叫台灯的，虽然那时我有了一张大大的工作台。山风呼啸，烛焰如同和风厮打的小人，谄媚地躲向一边，而那一边正巧有我读书的歪头，空气中就散出了牛奶泼洒到炉火上的呛人气味。我用手一拎，焦煳的短发簌簌落满书页，像黄而蜷曲的群蚁。那一日悻悻回到宿舍，夜已经很深了，四下漆黑，突然看到一位女伴的被子里透出明亮的灯光。以为是手电的光柱，却不想我洗漱一净后，那光芒仍然没有丝毫衰减的趋势（那时的电池不过关，雪亮的灯柱只能维持很短的时间），不禁就生了疑，"呼"的一下将那女兵的被子挑开，嬉笑道，干什么呢？这样用功？

被子里有大团梨黄色的毛线和金属的长针，原来那女孩在为心上人织毛衣，正挑灯夜战呢。我还小，不关心毛衣，只关心照明的工具。一堆硕大的干电池，如同董存瑞赴死时的炸药包，整整齐齐地绑在一起，一枚小小灯泡翘然而立，好似出水的荷莲，吐着稳定而金黄的光蕊。

我嫉妒得眼睛出血，问，这样的好东西，你怎么得来的？女友小声说，这是通讯站的战备干电池，我给他织毛衣，他给我配备的。

我用被子把她和他的毛衣一股脑儿兜上，揉着烧焦的碎发回到自

己的铺位，睡眼蒙眬地考虑了一番。为了我的工作台上也能有一盏金光四射的台灯，我是否也找一个通讯站的男人，为他织一件毛衣？要找就找个小个子的，那样会织得快一些……记得在即将进入梦乡的那一瞬，我做出了决定，宁可黑暗下去，也不用毛衣针换光亮。

女友阿媚送我的结婚礼物是一盏台灯，那时我和先生分属不同的部队，没有一寸屋檐。我说阿媚你让我把你的礼物放在哪里？阿媚说，现在放在哪里都可以，只要最后它"坐"上你的书桌。

阿媚的台灯之后，我又用坏了很多台灯。早先买台灯的时候，最注重的是样式，内里的灯泡只要是亮的，就没什么可选的了。随着年岁的增长，看物看事，都朴素和实用起来。对台灯的外表已放淡了许多，犹如看一个人。年轻的时候，容貌在印象分里所占的比重很大。人老眼花之后，对灯的要求就格外挑剔而苛刻。灯罩的大小，灯臂的角度，灯泡的温度和色差……对一盏台灯来说，都如同人的内在气质，有更精彩的含义。

一盏要给写字人当"伴侣"的台灯，是要做好精神准备的。它会很辛苦，常常亮到深夜，有时还需直抵黎明。当它发出光芒的时候，使用者只看到被它的光芒所照射的那些文字和文字所栖息的一张张纸，却无暇注意台灯本身的样式和花纹。

腰　线

　　早年的卫生间只在壁上刷点白灰，像个从溪流里站起来的裸孩，斜披着毛巾。如今的房子，厨卫是重点，你再不讲究，也要贴上瓷砖才能说得过去。

　　到建材市场挑选瓷砖，成了装修的必修课。砖铺像丝绸店，满眼花色闪闪烁烁，不知该挑哪一种好。顾图案更要看价钱，很快你就发现，精美瓷砖是没有止境的，但钱包是有大小的。到了最后，演变成先看价钱再定花色，流程进入量体裁衣看米下锅的局面。为了选瓷砖，我和丈夫甚至破了不当着外人争执的约定，不止一次吵得面红耳赤。一旁的店员漠然立着，连点好奇的神色都不屑流露，想来因瓷砖而起的硝烟，她已见惯不怪。

　　关于购买何种瓷砖，好不容易统一了意见，分歧又再接再厉地出现了。要不要花砖？要不要腰线？

　　花砖是成套瓷砖的点睛之笔。瓷砖是淡绿调子的，花砖可能就是一丛披头散发的翠竹。瓷砖是棕黄调子的，如果是厨用，花砖上就有深驼色的咖啡杯盏，有袅袅的白气升起。如果是卫浴用，可能绘有几间木屋一丛野花，或许还有蜜蜂……有款砖叫作"海洋之心"，花

砖镶着大朵的蔚蓝色椭圆形玻璃，假扮那块长眠在深海之下的无价钻石。

更讲究的花砖像是一部有头有尾的小说呢。一款叫作"爱情鸟"的瓷砖，花砖就有几种格局。一块是两只水鸟相依为命，耳鬓厮磨的。这好理解，新婚燕尔啊。再一块就是三只鸟左顾右盼呼朋引伴的。这多出来的鸟，可不是什么非法闯入者，而是大鸟们辛辛苦苦孵出的小鸟。不知这两幅是不是全本，依此推下去，还可演变出多款情节，比如三只鸟展翅飞翔，比如四只鸟组成团队……

花砖之外，还有腰线。腰线并不像它的名字那样谦逊，它不是一条简单的线，而是由很多块精巧的长方形瓷砖连接而成的瓷砖带，缠绕在整壁瓷砖的中段。

腰线是缩小了的花砖，有图案，甚至也有情节。比如上面说到的"爱情鸟"，腰线就是一只小鸟破壳而出，茸茸的羽毛和残缺的蛋壳，把爱情和繁衍拴在了一起。

腰线不便宜。瓷砖和瓷碗该是近邻吧？瓷碗是有曲线的，瓷砖却是完全不曾发育的平板，但一块腰线比一个普通的饭碗要值钱很多。腰线是很团结的，你不可能只贴一块，它们有着一荣皆荣一损俱损的气节。围着墙手拉手形成包围圈，统算下来，会吓得你的钱包一抖。若不镶，就一块都不能上，瓷砖的拼缝才能妥当。饭碗是生活的必需，而腰线则是锦上添花可有可无的，带着些许孤芳自赏的奢侈。

母亲的新房子，割舍了所有的腰线。按说这点钱还是有的，但母亲坚决不肯，说有没有腰线是一样的，不花这个冤枉钱。

然而，有没有腰线是不一样的。就像上面说的"爱情鸟"，省去了雏鸟啄破蛋壳的那一幕，花砖上的两只鸟很突兀地变成了三只鸟，

常常叫人疑心那小鸟的来历，甚至误会这是另外的一家人了。"海洋之心"的腰线是一圈蓝白相间的小"钻石"，仿佛一挂悬垂的珠链。取消之后，墙壁上半截的莹白和下半截的蔚蓝，生硬地焊接在一起，丧失了柔和的过渡。孤零零的"巨钻"没来由地在白瓷板中闪烁，像一只莫名其妙的怪眼。

我觉得自己对不起母亲的新居，推而广之也对不起腰线。终于有一天，得了补偿的机会。我路过一家店铺，看到大肆甩卖腰线。腰线的图案是很耀眼的玫瑰花蕾，夹杂着点点的金红，绮丽而烂漫。我不假思索地买了很多腰线，辛辛苦苦地搬回家，才面对一个严峻的问题——这些腰线嵌在哪里？

腰线是美丽的，但许多腰线聚集在一起，除了让人眼花缭乱之外，就是产生安置它们的焦灼了。如同皮带是用最好的牛皮制造的，但你面对一堆皮带时，既不能把它们缝制成皮氅，也不能敲打成皮鞋。

失去了烘托和陪衬的腰线，也散失了精彩和雅致，剩下的是纷乱和拥挤。楼梯下有一间楔形的小房子，别家把它改造成了狗舍，我家堆积着杂物。早先一直是水泥墁地，如今我把腰线密集地砌在那里，闪闪花蕾只好在尘埃下皱缩。

看到过一条关于人才的定律，说全由极高智商的人组成的团队，那效率和智慧却并非最高。反倒不如人才的阶梯状组合，方能发挥出最好的效力。仿佛腰线，顾名思义，只能是一面素墙美丽的统帅，而不能铺陈得漫山遍野。

倾听天下的声音

从什么时候开始，记忆中的一切都被漂得褪了色？我们迎接蚂蚁的快乐眼神，换成了冷冰冰的杀虫剂。成长中，我们被告知倾听蚂蚁的声音是一种愚蠢，因此产生感动就加倍愚蠢。于是我们渐渐堵了自己的耳朵、蒙了自己的眼睛、封锁了自己的心……

倾听天下的声音，几乎成了儿童的专利。多希望孩子可以长大，但倾听永不消失。

顶楼的房客

每个人的心底都有一座楼。楼不高，只有矮矮的几层，可它非比寻常。你用什么奠定它的基石？你用什么修葺它的墙壁？你用什么涂抹它的房顶？你用什么装饰它的回廊？最重要的是，它的房间里住着怎样的房客。

这座楼就是我们的良心啊。不要小看了这座楼，它主宰着我们的思维和行动。尤其是顶楼的位置，如同航空母舰的舰长室，具有一呼百应的威严。

在人类进化的过程中，不但有越来越发达的科技，也积累了宝贵

的精神财富，这就是善良、勇敢、诚实、坚定、柔韧、助人为乐、百折不挠等高贵的品质。把这双份的遗产传承下去，是人类得以发展和进步最基本的保证。

是谁住在你的顶楼？请检查一下你的房客的身份证，确认谁是你的司令官。

童年画

在我们的印象里，童年像什么呢？

它可能是油炸薯条的味道，也可能是雨后青草的呼吸。它可能是琅琅的读书声，也可能是赛场上迸发的呐喊。

我猜想，即使是哲学家，他的童年也不会只有无止境的思索。即使是科学家，他的童年也充满着风和树的影子。

当爱因斯坦做出一个歪歪扭扭的小凳子，当爱迪生趴在稻草上准备孵鸡蛋，那种时刻的快乐，该不会比他们创立"相对论"和发明灯泡时少吧？

岁月把苦难酿成了感动，贫困时的相濡以沫变成了温暖。回望童年，才会愕然发现，深藏在记忆里的风景不用刻意思考，存在就是快乐。

家比天大

我们看到很多回忆父母的文章，被深深地感动。因为这是世界上最纯粹、最无功利的爱，一如月亮洒向大地的清辉。中国有句古话，叫作"儿不嫌母丑，狗不嫌家贫"，我对狗没有研究，不敢妄说，前半句觉得几分不确，似可改成"母不嫌儿丑"。

家肯定是没有天大的，但在孩子的眼里，家就是一切，父母就是一切。孩子越小，家就越大，当孩子长大之后，家就渐渐地小了，天就真正地大了起来。孩子从家中走出，头上是蔚蓝的天空。

爱的阶梯

善良的爱，悲哀的爱，广博的爱，狭隘的爱……形形色色的爱，构成了我们的生活。

爱，究竟是什么？

我把爱分成了血缘之爱和非血之爱。前一种爱包括父爱、母爱、爷爷爱、姥姥爱……因为是亲人，因为有血脉相连，这爱有纯天然的成分在内，范围总是有限的。还有一种更宏大的爱，爱和你没有血缘关系的人，爱大自然，爱历史，爱动物，爱植物，爱地球，爱一个路边等车的陌生人……

并不是说前一种爱就不宝贵，那是真爱的核心。试想一个连自己的父母都不爱的人，何谈爱祖国和他人！但后一种爱，有着更辽阔的覆盖。

终身制职业

我是谁？所有的人，无论是男人还是女人，无论是孩子还是成人，都会这样问自己。

人们通常用属加种差的方法来认识问题。比如说，一个正直的人。首先，他是一个人。其次，他与众不同的地方在于他的正直。

据说女娲造人的时候，先是用泥土将人一个个捏出形状，所以每个人都是不同的。这样操作很辛苦速度也很慢，女娲就开始用绳子甩

泥，溅落的泥点子被太阳晒干后，也变成了人。按说这后一种人该是一模一样的吧？细细想来，也不同。绳子甩动的方向，女娲用力的大小，还有泥巴的稀稠都有差异，甩制的泥人也各有特色。虽是传说，但我们每个人都是独一无二的个体，这一点毫无疑问。

发现自我，是我们一生的工作。

最初的乾坤

一无所知的孩子在课堂上常常闹笑话，他会追着老师问很多在他日后看来忍不住发笑的问题。

但正是在这些问题里，他逐渐成长。他学会了如何思考、如何做事。更重要的，他学会了如何待人。从最早的一个只会面对家人的个体，成长为另一个可以从容面对他人的个体。这种变化令人惊喜。

学校，是第一个对孩子进行社会化训练的专门场所。你最初的理想和最初的愿望，你最初的友谊和最初的失落，你最初的爱戴和最初的惆怅可能都诞生在那里。那里有你童年的纪念碑，那里是你最初的乾坤。

修建你的灯塔

生命是什么？草履虫是生命吗？杨树叶是生命吗？如果这些都不是，那什么才是生命？

生命，并非简简单单的生理现象。它包含着善与恶，包含着思考，包含着自己，也包含着他人。

生命是美好而斑斓的。挫折是常常有的，快乐也是常常有的。你不要听信那些把生命说得太美好的童话，相信人生有苦难的人才会更懂得幸福。

为你的生命确立一个意义，它是灯塔。我知道父母告知过你生命的意义，我也知道老师向你灌输过生命的意义。他们说得都没有错，但这一次，我请你忘记他们的话，自己为自己确立一个生命的意义。当然，那个最终的答案，也许和老师、父母不谋而合，但这个灯塔是你自己修建起来的，你是自己的工程师。以后的事，就是向着你的灯塔微笑，坚定不移地前进。

一定得找人去把星星擦亮

我们的先民，在还没有文字的时代过着艰苦而散淡的日子。他们的文字就是石洞壁上一幅幅的岩画。岩画所代表的含义，构成了他们的语言。

先民用岩画诠释世界，现代人用漫画诠释世界。或许在某种程度上，上帝在人们修建巴比伦塔时的担心，今天终于成了现实，漫画这种载体让全世界人的语言达成了一致。

我喜欢"把星星擦亮"的奇思妙想。只是，找谁呢？就找我们自己吧。

规则如铁如水

每个人都生活在社会中，都同身边的人发生着种种互动。互动不是乱动，要有规则。规则是人制定的，却不能由人轻易地打破，否则，就是"没有规矩，不成方圆"了。人们在受惠于规则的同时，也常常被它的刻板所桎梏，这也许就是规则的两重性吧。

还有一些规则，是心照不宣、潜移默化的。比如，在饭桌上，如果有长者，无论你怎样饥肠辘辘，也要先给长辈盛饭……人们都很自然地遵守着它，规则已融入了我们的文化。

规则有的时候像铁一般坚硬，违背了它就是困境和死亡。规则有的时候如同温泉一般暖和，因为它来自公平的泉眼。在受到规则的关怀时，你不必感谢任何人，你只需心安理得地接受规则。在受到规则的约束时，你不必怨恨任何人，只有义无反顾地服从规则。

试卷上没有诗歌

每年的高考试卷上，作文一栏（不管是大作文还是小作文），都会写着"体裁不限，诗歌除外"的要求。出卷子的老师出于种种考虑，在卷面上剔除了诗歌，但我们在日常的学习中，可千万不要怠慢了诗歌。

诗歌是最古老的艺术，我相信祖先们在完全不知道议论文是什么东西的时候，已在熟练地吟诗作赋了。诗歌是灵魂的伴侣，那些精美的词汇、那些神奇的想象、那些让我们心旌动荡的激情、那些清脆如玉石碰撞的音律都在诗歌中蛰伏着，等待着你的唤醒。

即便考试的卷子上没有诗歌，也请你在春天的早晨读一首好诗。我担保，那一天你会心旷神怡。

心之四季

地球的产生到今天大约已经有五十亿年了。这期间地球每围绕太阳转一周，很多地方就会产生一次四季更替。春之风，夏之花，秋之月，冬之雪……在无法进行深入思考的动物那里，即使它因为秋高气爽而感到惬意，也不会对美景产生感动。在它眼中，秋天的全部意义就是果子熟了，要准备过冬了。当人意识到秋天不仅仅意味着粮食，那朦胧的一切才进入审美的领域。

由于有了人心的思考，这种种景色才呈现出了如今的绚丽。离开沉思的人心和敏锐的瞳孔，四季什么都不是。

永恒伙伴共享地球

城市里已经很少看见动物了。即使能看到，也是诸如困在笼子里的鸟，不停地在转筒上奔跑的金丝熊，脖子上拴着厚重皮带的狗，说实话，它们还能算真正的动物吗？

记得一位哲人说过，看一个人怎样对待动物，我们就可以知晓他是一个怎样的人。动物有动物的世界，人有人的世界，当这两个世界交织在一起的时候，就有很多有趣的故事发生。人常常以为自己是地球的主人，其实，人是和动物、植物，还有山川河流共享一个地球，大家都是主人。只有在大自然的怀抱里，动物才能依照它们的天性奔跑、跳跃、玩耍、捕猎……

人和动物是永恒的伙伴。如果动物全部消失了，人活着，还有什么乐趣！

超越光速的跳跃

宇宙间最快的东西是什么？是光？每秒三十万公里。

不，不是光。宇宙间最快的东西是思维。只有思维才可以真正做到瞬息千里。意念一动，数千光年外的物体也会在我们想象中浮现，几千年前、几万年后的事情，也会在脑中翩翩起舞，这速度远远超越了光速。

想象是思维的翅膀，人最宝贵的能力之一就是神奇的想象。古代人的想象就成了神话，现代人的想象就成了科幻。科学家的想象能上天入地，文学家的想象能缔造世界。当我们阅读充满了想象的文字的时候，会有鹰击长空、鱼翔浅底的快意。

最神奇的当属孩子们的想象，在那里，所有的一切都会发生，因为他们的思维走在了光的前面。

幸福如苹果

小时候，我们盼望快快长大。我们觉得，那就是幸福。

上学后，我们盼望考试都得一百分。我们觉得，那就是幸福。

大学毕业了，我们盼望有个好工作。我们觉得，那就是幸福。

工作了，我们忽然发现，生活并不幸福。

幸福，究竟是什么？

把人生凝固成一个苹果，用时间的刀锋将它切开。哦，终于发现，在苹果的最深处，藏着一个星星一般的核，这就是苹果的心脏，所有的果肉都围绕着这颗星星成长。幸福也有大抵如此的规律，当你围绕着一个目标奋斗的时候，你才会感受到幸福。

关于幸福，无数的人给出了无数答案。你可以全盘接受，也可以另辟蹊径。归根到底，幸福是一种真切的感觉。你幸不幸福，只有你自己知道。祝自己幸福，也助别人幸福，这就是人生的大幸福，这就是终极的幸福。

人生安然

　　我们所有的人，终其一生，都是在各种各样的关系中搏杀。听一位美国心理学家讲授抑郁症的发病机理，他认为所有的心理障碍，都是因为关系出了问题。

　　关系无所不在。人的关系基本上可以分为以下九类。

　　1. 自我：这比较好理解，人和自己的关系，是所有关系中最彻底最主轴的关系。

　　2. 父母：没有父母，就没有我们的肉身。父母和我们心灵的关系，也是无与伦比的密切。

　　3. 兄弟姐妹：这似乎不难理解，就算是中国现在实行独生子女政策，人也依旧会有情同手足的友人。如何看待和自己年龄相仿的同时代的人，肯定是逃不脱的重要课题。

　　4. 异性：哈！这个关系的重要性和复杂性不言而喻，古往今来已经谈论过太多。然而，谈论得再多，也比不上实际情况复杂。

　　5. 子女：和异性结为亲密关系之后，如果没有特别的措施和意外，我们就会有子女。那么，你崭新的历史篇章就掀开了。这个关系，对某些人来说，简直比数十篇学术论文还要复杂，够你一生殚精

竭虑、呕心沥血的了。

6. 同侪："侪"这个字，好像有点遗老遗少的味道，现代人似乎很少用。字典上查，此字含义很简单，就是朋辈。人不可能没有朋友，做任何事，都要学会团结，都要学会合作，和自己的同辈人团结，应该是人生的必修课，要学会游刃有余地处理这档关系。

7. 大自然：哦，这个关系的重要性，就不用我啰唆了。要是处理不好，付出的代价就是像恐龙一样灭绝（当然，恐龙灭绝的责任，不由它们自己来负）。

8. 死亡：和死亡的关系，是所有关系里最确定无疑的，谁也躲不掉，无论逃到哪里，如何乔装打扮，死亡最后都会不动声色地把你捉拿归案。既然迟早一定要见面，处理好这个关系，你就能更好地享受生活。处理不好，死亡以不速之客的身份，猝不及防地来访，你堵着门不让他进来，他也一定会神通广大地破门而入。那时，没准备好的人会惊慌失措，会后悔还有那么多事情未完成。为了从容走完一生，这个关系是一定要处理好的。学会和未来的死亡和平共处，直到你跟着他走的那一天。

9. 宇宙：人和宇宙的关系，表面上看起来，好像不如前八大关系那样和我们的日常生活密不可分，其实，不然。你每天晚上仰望星空，那就是宇宙在和你对话。宇宙是比大自然更广大的范畴，它将考验一个人对那些无比壮阔、无比悠远的时空体系的尊崇之心，它将让我们一己卑微短暂的生存和一个雄伟壮丽的体系发生连接。我们从那里来，也将回到那里去。看看宇宙，再看看自身，自豪和悲怆像豆荚中孪生的豆粒，如此新鲜多汁、浆液饱满。它看似脆弱，实际上正是对付日常琐碎事物最行之有效的金刚铠甲。

九大关系，我们若能得到及格分数，人生就安然了。

第六辑

夜幕降临
说晚安

当我们想起母亲，
其实是想起了无边无际云蒸霞蔚的爱。
当我们想起爱，
其实是想起了如天宇般宽广淳厚的
温暖和一种伟大神圣的责任。
当我们想起责任，
其实是在宁静致远地思索人生的
真谛和生命的尊严。

仅次于人的动物

　　仅次于人聪明的动物，是狼。北方的狼。南方的狼什么样，我不知道。不知道的事咱不瞎说，我只知道北方的狼。一位老猎人，在大兴安岭蜂蜜般黏稠的篝火旁，对我这样说。他还说，猎人是个渐趋消亡的职业，他不再打猎，成了护林员。

　　我说，不对，最聪明的动物是大猩猩。大猩猩有表情，会使用简单的工具，甚至能在互联网上用特殊的词汇与人交谈。

　　我没见过大猩猩，也不知道互联网是什么东西，我只见过狼。沙漠和森林交界地方的狼，最聪明。那是我年轻的时候啦……老猎人舒展胸膛，好像恢复了当年的神勇。

　　狼带着小狼过河，怎么办呢？要是只有一只小狼，它会把它叼在嘴里。若有好几只，它不放心一只只带过去，怕它在河里游的时候，留在岸边的子女会出什么事。于是狼就咬死一只动物，把那动物的胃吹足了气，再用牙齿牢牢紧住蒂处，让它胀鼓鼓的好似一只皮筏。它把所有的小狼背负在身上，借着那救生圈的浮力，全家过河。

　　有一次，我追捕一只带着两只小崽的母狼。它跑得不快，因为小狼脚力不健。我和狼的距离渐渐缩短。狼妈妈转头向一座巨大的沙丘

爬去。我很吃惊。通常狼在危急时，会在草木茂盛处兜圈子，借复杂地形，伺机脱逃。如果爬向沙坡，狼虽然爬得快，好像比人占便宜，但人一旦爬上坡顶，就一览无余，狼就再也跑不了了。

这是一只奇怪的狼，也许它昏了头。我这样想着，一步一滑爬上了高高的沙丘。果然看得很清楚，狼在飞快地逃向远方。我下坡去追，突然发现小狼不见了。当时顾不得多想，拼命追下去。那是我生平见过的跑得最快的一匹狼，不知它从哪里来的那么大的力气，像贴着地皮的一只黑箭。直追到太阳下山，我才将它击毙，累得几乎吐了血。

我把狼皮剥下来，挑在枪尖往回走。一边走一边想，真是一只不可思议的狼，它为什么如此犯忌呢？那两只小狼到哪里去了呢？已经快走回家了，我决定再回到那个沙丘看看。快半夜才到，天气冷极了，惨白的月光下，沙丘好似一座银子筑成的坟，毫无动静。我想真是多此一举，那不过是一只傻狼罢了。正打算走，突然看到一个隐蔽的凹陷处，像白色的烛火一样，悠悠地升起两道青烟。

我跑过去，看到一大堆干骆驼粪，白气正从其中冒出来。我轻轻扒开，看到白天失踪了的两只小狼，正在温暖的驼粪下均匀地喘着气，做着离开妈妈后的第一个好梦。地上有狼尾巴轻轻扫过的痕迹，活儿干得很巧妙，在白天居然瞒过了我这个老猎人的眼光。

那只母狼，为了保护它的幼崽，先是用爬坡延迟了我的速度，赢得了掩藏儿女的时间。又从容地用自己的尾巴抹平痕迹，并用全力向相反的方向奔跑，以一死换回孩子的生。

熟睡的狼崽鼻子喷出的热气，在夜空中凝成弯曲的白线，渐渐升高……

狼多么聪明！人把狼训练得蠢起来，就变成了狗。单个的狗绝对打不过单个的狼，这就是我想告诉你的。老猎人望着篝火的灰烬说。

　　后来，我果然在资料上看到，狗的脑容量小于狼。通过训练，让某一动物变蠢，以供人役使，真是一大发明啊！

爱的回音壁

　　现今中年以下的夫妻，几乎都是只有一个孩子，关爱之心，大概达到了中国有史以来的最高值。家的感情就像个苹果，姐妹兄弟多了，就会分成好几瓣儿。若是千亩一苗，孩子在父母的乾坤里便独步天下了。

　　在前所未有的爱意中浸泡的孩子，是否感到莫大的幸福？我好奇地问过。孩子们撇嘴说，不，没觉着谁爱我们。

　　……

　　我被镇住了。一个不懂得爱的孩子，就像不会呼吸的鱼，出了家庭的水箱，在干燥的社会上，他不爱人，也不自爱，必将焦渴而死。

　　可是，你怎样让由你一手哺育长大的孩子懂得什么是爱呢？从他的眼睛接受第一缕光线时，已被无微不至的呵护包围，早已对关照体贴熟视无睹。生物学上有一条规律，当某种物质过于浓烈时，感觉迅速迟钝、麻痹……

　　寒霜陡降也能使人感悟幸福，比如父母离异或是早逝。但它是灾变的副产品，带着人力难违的僵冷。孩子虽然在追忆中明白了什么是被爱，那却是一间正常人家不愿走进的教室。

孩子降生人间，原应一手承接爱的乳汁，一手播撒爱的甘霖，爱是一本收支平衡的账簿。可惜从一开始，成人就迫不容发地倾注了所有爱的储备，劈头盖脸砸下，把孩子的一只手塞得太满。全是收入，没有支出，爱沉淀着、淤积着，从神奇化为腐朽，反而让孩子无法感到别人是爱他的。

我又问一群孩子，那你们什么时候感到别人是爱你的呢？

没指望得到像样的回答。一个成人都争执不休的问题，孩子能懂多少？没想到，孩子的答案明朗、坚定。

我爸下班回来，我给他倒了一杯水，因为我刚在幼儿园里学了一首歌，词里说的是给妈妈倒水，可是我妈还没回来呢，我就先给爸爸倒了。我爸只说了一句，好儿子……就流泪了。从那次起，我知道他是爱我的。光头小男孩说。

我给奶奶耳朵上插了一朵花，要是别人，她才不让呢，马上就得揪下来。可那是我插的，她一直戴着，见着人就说，看，这是我孙女打扮我呢……另一个女孩说。

我大大地惊异了，讶然这些事的碎小和孩子们铁的逻辑，更感动于他们谈论里的郑重神气和结论的斩钉截铁。爱与被爱高度简化了、统一了。孩子在被他人需要时，感到了一个幼小生命的意义。成人注视并强调了这种价值，他们就感悟到深深的爱意，在尝试给予的同时，他们懂得了什么是接受。爱是一面辽阔光滑的回音壁，微小的爱意反复回响着、折射着，变成巨大的轰鸣。当付出的爱被隆重地接受并珍藏时，孩子终于强烈地感觉到被爱的尊贵与神圣。

天下的父母，如果你爱孩子，一定让他从力所能及的时候开始爱你和周围的人。这绝非成人的自私，而是为孩子的一世着想的远见。

不要抱怨孩子天生无爱，爱与被爱是铁杵成针、百年树人的本领，就像走路一样，需要反复练习，才会健步如飞。

如果把孩子在无边无际的爱里泡得口眼翻白，早早剥夺了他感知爱的能力，育出一个爱的低能儿，即使不算弥天大错，也是成人权力的滥施，或许要遭天谴。

在爱中领略被爱，会有加倍的丰收。孩子渐渐长大，一个爱自己、爱世界、爱人类的青年，便喷薄欲出了。

　　找一个安静的时间，反思一下自己父母的性格和他们的关系。假装自己是一个局外人，看看他们是否幸福，人格是否高尚，一生是否心满意足。不要太拘泥于孝道，一味地为他们唱赞歌，而是用一个成年人的眼光剖析他们。

　　如果你觉得这是一件大不敬的事，就请不要告知任何人。建议你一定要在一生的某一个时刻，完成这个功课，早完成比晚完成要好，因为他们曾是你人生不得不接受的第一任老师和楷模。如果不曾经过系统的清理，长大以后，你会不由自主重复他们的模式，基本上概莫能免。为了你的幸福，你要有一个取其精华去其糟粕的过程。你可以对这个结果保密，但不要因为痛苦而逃避。

　　这几乎是一个可怕的话题，但你要有勇气完成它。

　　我们在报纸和公开发表的文章中，看到的都是其乐融融的家庭图画，这就让我生出了浓烈的不真实感。因为，几乎全世界的心理医生，都在夜以继日地干着同样的活儿，那就是医治家庭造成的创伤。

　　在我的诊所里，我经常听到的都是对父母的控诉，都是对长辈敢怒不敢言的压抑留下的伤口……我把修复这种痕迹，视为最普通和常见的工作，如同干洗店熨平的一件又一件衬衣……

我曾经陷入过困惑，我看到的文章和我听到的故事，为什么如此不同？是谁在说谎？到底谁更真实？这个问题困扰了我很长时间，最后终于想明白了。那些暖意融融的回忆文章，是真实的；那些血肉模糊的创口，也是真实的。

你可能要说这是和稀泥，因为一个人不可能既是慈爱的又是严酷的。可在我们的父母身上，这真的可以并行不悖。

父母不是完人，他们身上也肩负着历史的渣滓和沉淀。这不是他们的过错，只是他们的局限。同理，在我们的身上也是这样，我们在爱孩子的同时，也将很多糟粕遗留给了他们。人类就是这样泥沙俱下、鱼龙混杂地繁衍着。认识到这一点，我们在清理自身的同时，也整合父母留给我们的精神遗产，他们不可能都是纯正而光彩夺目的，一定有污秽和血污。

这不可怕，只有当清理完成，我们才能更加懂得他们，更加理解他们，甚至也更加原谅他们。这个工作，你可独自在秘密中完成，但是，你不能不完成。

孝心无价

听一位研究古文字的教授讲，"孝"这个字在甲骨文里的写法，是一个少年人牵着一位老人的手，慢慢地在走。"孝"字从右上到左下那长长的一撇，便是老人飘荡的胡须……

不知这说法是否为史学家定论，是否无懈可击，但它以一种恒远的温馨，包含着淡淡的苦楚，沉淀我心。我感到一种人类对自身生命的感怀，一种更为年轻的个体对即将逝去的年华无微不至的关顾与挽留。

"孝"是东方文化灿烂的遗产，但在我们这个国度里，身份却很有几分可疑。和它们比肩的"忠"的地位，则要光辉伟大得多。国家、民族、政党、军队……都是需要"忠"的，而在"忠孝不能两全"这句话的阴影下，"孝"好像成了"忠"的对立面，冰炭不相容。

和"忠"比起来，"孝"的范围似乎比较窄。前者面对的是众人，后者大约只包含自己的家人。回顾中国的近代史，国家民族奋战的艰难历程，在浸透血与火的车辙里，难得有"孝"的位置。先驱的革命者，从域外窃得种子，带回这块苦难的大地。他们是有知识的年轻人，之所以曾受到良好的教育享有文化，多半和富裕的家境不可分，

但他们义无反顾地向父辈的剥削阵营开火了。在黑暗的日子里，他们一定经历了心灵的分裂与决斗，最终决定背叛自己的阶级。于是在漫长的革命生涯中，他们缄口，不再谈"孝"。

参加革命的穷苦人，投了红军，当了八路，上了战场……他们走了，永不回头，但他们的父母留在饥寒交迫之中，饱受欺凌压迫，许多人被敌人残酷地杀害了。革命者不会后悔自己的选择，只有战斗才有胜利，这是唯一正确的道路。但我相信生者在每年中秋，仰望圆圆的明月，低下头都会黯然神伤。尽管有无数的理由，尽管责任完全不在个人，但在潜意识里，他们永不为自己辩解，苛刻地认定自己不孝。于是，他们也拒不谈"孝"。

新中国成长起来的这一代人，在他们风华正茂的时候，开始了"文化大革命"。几乎每一个人都向自己的父母造过反。在青春勃发期关心国家大事的同时，意外地从家里找到了火山的爆发口，以自己的父母为第一目标，那时曾多么兴高采烈，遗下的却是永久的悔恨。待到狂潮退去，知识青年上山下乡，凄凉地告别父母，远赴边陲，有的是身不由己的流放感，再没了丝毫选择的余地。即使有谁想到了"父母在，不远游"，在那样的日子里，几乎相当于一句反动口号了。

后来他们返城。没有地方住，龟缩在父母的小屋，给已经年迈的父母更添一份烦乱。不要说尽孝了，还要垂垂老矣的父母为自家操心不已。薪水低少，需要父母补贴。没有房子住，和父母挤在一起。无人做饭，父母就是当然的炊事员。孩子无人照管，父母就是最好的保姆……多少次悄悄接过父母接济的银钱，理智上惭愧，手心却跃跃欲试地潮湿。太多的贫困，吞噬掉了儿女的自尊心，如果我们注定得接受馈赠，还是接受来自父母的施舍吧。在我们的内心深处，尚潜伏着一个善良坚定的愿望，爸爸妈妈，终有一天，一切都会好起来。我会将你们付给我的爱，加倍地偿还，让我们一道期待那一天吧。

现在天下太平，人间和睦，世道安宁，人们可以大胆地言"孝"了。"孝"里当然有糟粕，有可笑以至可恨的迂腐气息，但其合理的内核却值得我们长久咀嚼。

我不喜欢一个苦孩求学的故事。家庭十分困难，父亲逝去，弟妹嗷嗷待哺，可他大学毕业后，还要坚持读研究生，母亲只有去卖血……我以为那是一个自私的学子。求学的路很漫长，一生一世的事业，何必太在意几年蹉跎？况且这时间的分分秒秒都苦涩无比，需用母亲的鲜血灌溉！一个连母亲都无法挚爱的人，还能指望他会爱谁？把自己的利益放在至高无上的位置的人，怎能成为为人类献身的大师？

我也不喜欢父母重病在床，断然离去的游子，无论你有多少理由。地球离了谁都照样转动，不必将个人的力量夸大到不可思议的程度。在一位老人行将就木的时候，将他对人世间最后的希冀斩断，以绝望之心在寂寞中远行，那是对生命的大不敬。

我相信每一个赤诚忠厚的孩子，都曾在心底向父母许下"孝"的宏愿，相信来日方长，相信水到渠成，相信自己必有功成名就衣锦还乡的那一天，可以从容尽孝。

可惜人们忘了，忘了时间的残酷，忘了人生的短暂，忘了世上有永远无法报答的恩情，忘了生命本身有不堪一击的脆弱。

父母走了，带着对我们深深的挂念。父母走了，遗留给我们永无偿还的心债。你就永远无以言孝。

有一些事情，当我们年轻的时候，无法懂得。当我们懂得的时

候，已不再年轻。世上有些东西可以弥补，有些东西永无弥补。

"孝"是稍纵即逝的眷恋，"孝"是无法重现的幸福。"孝"是一失足成千古恨的往事，"孝"是生命与生命交接处的链条，一旦断裂，永无连接。

赶快为你的父母尽一份孝心。也许是一处豪宅，也许是一片砖瓦。也许是大洋彼岸的一只鸿雁，也许是近在咫尺的一个口信。也许是一顶纯黑的博士帽，也许是作业簿上的一个红五分。也许是一桌山珍海味，也许是一只野果一朵小花。也许是花团锦簇的盛世华衣，也许是一双洁净的旧鞋。也许是数以亿万计的金钱，也许只是含着体温的一枚硬币……

在"孝"的天平上，它们等值。

只是，天下的儿女们，一定要抓紧啊！趁你父母健在的光阴。

奶奶是没有翅膀的天使

"奶奶是没有翅膀的天使"——几个字，颤巍巍地写在一个钥匙链上。一位绒布老奶奶，悬挂在这句话的下面。粉红色的纱裙，充满皱纹的脸，背上展着一对雪白的翅膀。这个小小的纪念品，是一位老人做的，送给了政府的一位官员。

米绍博士是新墨西哥州政府老年事务服务局的局长，长着一头浓密的黑头发，是西班牙裔和印第安裔的混血儿。说实话，她的长相平凡到世俗的地步，一点都看不出法学博士的出身和政府官员的背景。

米绍博士的办公室也很有特点，一点也不像是办公室，而像一个家。还不是那种整洁清爽一尘不染的家，而是那种乱哄哄的杂乱无章的家。比如在米绍博士的办公桌上，和密集的文件夹挤在一起的，是一条青里透红的鱼——一条会唱歌的机器鱼。外表酷似真鱼，背鳍高耸怪眼圆睁。悄悄按动机关，拥挤的办公室空间就响起一个沙哑的黑人老汉的声音：我是一条鱼，让我回到大海去，让我回到大海去……

我问米绍博士，为什么要在办公桌上摆一条鱼？

米绍博士说，我做了十年老人局的局长，我的工作令我太沉重了。所以，我这里有很多的玩具。

办公室里确实有很多玩具，稀奇古怪的。比如长着鳄鱼脑袋的唐三彩的马，比如奇形怪状的面具和饰物。同时也充斥着另外的极端，如靠墙角的地方，摆着一台缝纫机，式样衰老到使你怀疑它是世界上所有缝纫机的祖父。

米绍博士说，我的办公室可能令你惊奇，但是它令到我这儿来的老年人感到亲近。我处理所有有关老年人的事务，他们有了困难，都会来找我。比如老人到医院看了病，他的处方丢了。找谁呢？就可以来找我，这里负责帮助他们。这架缝纫机就是我曾经帮助过的一位老人，临去世前送给我的。按照规定，我作为政府工作人员，是不能接受礼物的。但我想，这架缝纫机已经没有实用的价值，只是一种象征和纪念。它让进入我的办公室的老年人，有一种温暖和时光重返的感觉。

我说，整个新墨西哥州有多少老年人呢？

米绍博士说，我们把六十岁以上的人，定位为老年人。这样计算下来，新墨西哥州一共有二十三万老年人。我们是一个小州，全州设有二百五十个为老年人服务的中心，每年的拨款是一千二百万美元。在这样的中心里，为老年人提供各种相关便利，比如送老年人到医院去，帮他们代买东西，也为他们提供法律、营养以及各种护理的服务，另外还设有老年性痴呆和精神病的特别护理中心。

除此以外，我们还有很多养老院。每年政府为养老院拨款四亿美元，私人慈善机构捐款约四亿美元，再加上其他一些款项，每年用于养老院的资金达十亿美元。但是，这些私人机构的养老院，存在着很大的弊病，他们把老人当作摇钱树，却不能提供给老年人周到的服务，很多老年人在冷漠的养老院死去了。还有我们的医疗系统，实在

别给人生
留遗憾

是太昂贵了。很多医生认为老年病是没有价值的病，他们不愿在这上面下功夫。

我很希望能够创立新的模式，让老年人能有更安宁安全幸福的晚年。我们正在摸索。米绍博士说着说着激动地站了起来。

我做过一件美国五十个州的老人局局长都没有做过的事，这件事给我的刺激太大了。它使我重新思考美国的养老机构究竟怎样办，才能最大限度地造福老年人。你想不想知道那是怎样的一件事？

米绍博士说到这儿，一脸调皮的神情，让我觉得很有趣。我真是想不出，身为州政府的官员，她究竟做成了怎样的一件事，让她的观念骤变？我说很想知道。

米绍博士特意把声音压低了说，告诉你吧，我做了一次化装侦察。

尽管已有准备，我还是吓了一跳。我说，您化装成了一个怎样的人？到哪里去侦察？

米绍博士严肃起来，说，我化装成了一位老妇人，大约有七十岁的样子吧。我到了一家老年服务中心，在里面住了三天。我还到了一家医院……

真是匪夷所思。我再次打量着她。在国外不能问女士的年纪，但依我的经验，还是可猜个八九不离十。她在四十五至五十岁之间，虽说她不是那种精于保养皮肤的女士，但整个人体态机敏目光灼灼，与老年人相差甚远。再说，以我当过医生的经验，一个人的外表易于伪装，但内里的脏器加上各种生命的指标都诚实得很。米绍博士怎么能在医院蒙混过关呢？

我说，米绍博士，在长达数天的时间里，你全都滴水不漏？就没有一个人怀疑您，发现您的真面目？

米绍博士深深地叹了一口气说，没有。没有任何一个人怀疑我不是真正的老年人。这也正是我最悲哀的所在。

我说，是不是您的化装技术太高超，演技也太好了呢？

米绍博士说，不是。我只做了简单的化装，买了一个花白的发套，穿了一身陈旧破烂的衣服。因为我的姐姐曾经得过老年性麻痹，我就装成那副样子，说话含混不清。我原来也以为自己很快就会被识破，但是，没有。我悲哀地发现，根本就没有一个人认真地看一眼老年人，即使是那些正在为老年人服务的人，也都不曾正眼看过我，只要你是白发和陈旧的衣服，就没有人认真对待你。在老年服务中心，我表示我要洗澡。工作人员很不耐烦地丢给我一块小毛巾，那是多么小的一块毛巾啊！我被关到洗澡间，整整三个小时，没有任何人过问。如果我那时候死了，也不会有人救治。我出来的时候，房间很冷，我半裸着身体，没有人照顾。在那些服务人员的眼里，老年人是不配享有尊严的。

在医院里，我看到一位九十岁的老人跌倒在地，骨折了，躺了两个小时没有人管，过往的护士嫌他挡路，还用脚踢他，非常惨……

我看到米绍博士的眼睛半是湿润，半是怒火。

米绍博士说，据我所知，有些私人养老院的老板，用募集来的养老金和政府的资助，买古董和艺术品，欠下巨资债务，把养老金都给吞没了。这种弊端，一定要杜绝。我下决心要改变养老的模式。在美国，现在四十到六十岁的一代人，是第二次世界大战以后婴儿潮时期出生的，他们即将步入老年。这是勇敢的一代人，我期望着美国的养老制度在他们的阶段，有新的模式出现。人老了，想和自己的家人在

一起，这不但是一种本能，更是一种文化。家庭不但是一种经济结构，更是一种氛围。这对老年人是非常重要的。在这一点上，我们要向亚洲学习。即使不是一家人，也要创造出家庭的气氛。

我的设想是，关闭老人院，把政府的资助拿过来，选择一些很有爱心的家庭，把老人安顿在这样的家庭里。由政府的机构经常来检查这些家庭照顾老人的情况，如果出现不合格，就取消他们的资格和资助，使这成为一种充满爱心和同情心的社会公益行动。在某种程度上说，这样的家庭是政府雇来照顾老年人的，所以，他要小心，他必须要履行对政府的承诺。

除了我的这种设想以外，在美国的密歇根州、纽约州、佛罗里达州，也都在试验着新的模式。就我个人来说，我也很喜欢旧金山中国城的模式。那是专为老年人修建的公寓，是高层建筑，里面是精致的小房间。老人每人每月由政府拨款两千八百美元，然后由自己决定需要何种治疗何种服务。大楼里有由医生、护士、清洁工人组成的工作团体，老人有权选择他们。这样做的好处是老人有了自主权，钱在他们自己手里。另外一个好处就是比较节约。

如果老人住在现有的养老院，政府每月要为每人拨款三千五百美元，还到不了老人手里，很多被养老院私吞了。

还有令人激动的消息就是，美国的国家实验室，也在开始研究美国老龄化的问题，希望能用高科技的手段来帮助老年人。比如制造出可以迅速感知墙面和路面不平的装置，对老年人的行动自由就很有帮助。还有一个非常困扰老年人的问题就是上厕所。如果这件事能自理，会使人感受到尊严上很大的维护。这在科技上，应该是有办法可想的。据我调查，老年人最害怕最苦恼的就是这一条。人的最后时刻，除了猝死，大约有百分之九十的人，都要经历这一阶段。缩短这个阶段，让人在尽可能长的时间内可以自己处理排泄事宜，对老年人是非常重要的事情。另外，研制出可以听懂人的对话的电脑、电视和饮食用具，都会简化老年人的行动难度。没有一个国家希望自己的老年人，成为虚弱无助的大军。总之，当科技手段能与人的关怀结合起来的时候，就会使老年人不再依靠他人，直到他们尊严地死去。

临走的时候，米绍博士送给我"没有翅膀的天使"这件小礼物。

制造钥匙链的这位老人很可能已经不在世了，她希望人们能听见她的这句话，能记住她的这句话。"老年人其实是一笔巨大的精神财富，我同他们在一起，常常在感动中。"米绍博士对我说。

孩子，你为什么
要变成鸟

　　"家园"这个词，在字典中的意思，是指家中的庭园，引申开来，泛指一个人的家庭或是故土和家乡。

　　"新生代产业工人"的年龄定义，是从十六周岁到三十周岁。这个年龄段的男女农村青年，进入城市，开始在城市里从事第二、第三产业。他们有着充沛的体力和精力，有强烈的好奇心和求知欲。他们正处于一个黄金时期，是早上八九点钟的太阳。这些工人大多数出身于农村，乡间曾是他们出生和生长的地方，按说就是家园了。可今非昔比，今天的农村，已经不再是他们的家园，他们成了失却家园的人。他们在农村或许还有亲人，他们每年过春节的时候，还会不远万里地回去探望亲人。但这些并不能掩盖他们已经不再认同那个地方为家园的事实。乡间已成了越来越远的记忆，虽然还有血脉的温情，但他们中的绝大多数人，是永远也不会长久地回到那里了。他们清楚这一点，他们的家人也清楚这一点，于是他们成了没有家园的一代。

　　这些年轻人，基本上没有务农的经验，已无法回归故土。另一方面，虽然他们为中国的城市化贡献着巨大的力量，组成了城市的一部分，但城市并没有为他们准备好家园，他们在城市里没有赖以生存的可靠根基。巨大的反差，身份的缺失，构成了这个群体奋斗中的茫然。他们不知道自己是农村人还是城市人。他们不知道自己将来的归宿在哪里。他们已经走出了祖辈的家门，但他们还没有找到新家园的门扉。一句话，新生代农民工正处在丧失与重建家园的空白期内，急需引导和帮助。

新生代农民工离开家园的过程，本质是一个环境与心理氛围的丧失。他们将丧失熟悉的自然景观，丧失双亲的呵护，丧失从小就结识的邻居，丧失亲切的乡音。如果你从北方到南方，或者是从南方到北方，长途跋涉，你还将丧失自幼就习惯的气候和饮食环境，你还会丧失几乎所有的朋友和家乡的社会关系……这样的丧失感，对于一个年轻人来讲，是巨大而崭新的转变，在最初进入城市的好奇和欣喜过后，必将在相当一段时间内影响着我们新生代产业工人的心理状况。家园丧失感在新生代农民工中的具体表现，可以是多种多样的。例如他们会思念家乡和亲人，会沉默寡言不爱说话，会不断地打电话和写信、上网等，和从前的朋友保持密切的联系，冲淡以致否认自己远离家乡的现实。

他们会在遇到挫败和困难的时候，无处倾诉悲伤愤怒，觉得城市为什么没有像家乡那样包容和充满温情，觉得陌生人为什么不能像亲人那样，给予自己充分的关爱和理解。加之身份的不确定性，更让这种家园丧失感沉重而缠绵，甚至引发剧烈的矛盾和冲突，深深的孤独感萦绕不止。不过，正像所有的改变都具有双重性一样，新生代的工人，在丧失的同时也有获得。甚至可以说，他们正是因为高度渴望这种获得，才不惜忍受丧失之痛，离开了旧有的家园。

这种双重性体现在：从农村进入城市，他们怀揣梦想，脱离了相

对沉闷封闭的农耕环境，来到一个更为广阔的天地里生活和劳动，为自己的职业选择找到了更多的可能性，为自己的生涯拓展了深度和广度。他们有可能获得更好的学习和就业机会，为自己的发展奠定新的基础，也有可能最终在城市安家，从此改变自己的身份，让自己的后代享有更好更多的发展机会。孝顺的子女还期望让自己的父母安享晚年，有好的生活和医疗条件。这些都在调查研究中得到了证实。在八十年代出生的农民工中，选择"毕业后出来锻炼自己""想到外面玩玩""学一门技术"，以及"在家乡没意思"的人，比例高达百分之七十一点四。

一边是丧失，一边是获得。如何在这种夹缝的状态中健康成长，是新生代农民工所要面对的艰难现实。作为整个社会，帮助他们在失去旧有家园的同时，迅速建筑起新的家园，尤其是完成心理上的归属感，尤为重要。

几年前，我在严寒之中到一家乡村中学演讲。在演讲中，我做了一个小小的测验。我请脸蛋冻得通红的同学们，拿出一张作业纸，在上面以"我有一个梦想……"为开头，写下自己心中的梦想。不具名，写完之后交给老师。过了一段时间，老师告诉我说统计结果出来了，几千名学生当中，从梦想自己得到诺贝尔奖到梦想自己能变成呼风唤雨的神仙，梦想可谓五花八门。担当统计的老师对我说："我校从来没有进行过这样的调查，居然有近乎一半同学的梦想是——我要变成一只鸟。"

"孩子，你为什么想变成鸟？"我大惑不解。

站在一旁的校长说："这没有什么不好理解的。鸟，是我们这里的农村孩子，在目所能及的范围内，飞得最高走得最远的生灵。他们希望有一天能走出大山，融入外面的世界。"

从那个冬天到现在，好多年过去了。那些想变成鸟的农村孩子们，已经慢慢长大了。他们之中的某些人，想来已经成为新一代的农村新生代产业工人。他们不必再羡慕飞鸟，自己已经长出了翅膀。不过，旧的鸟巢他们是回不去了，新的鸟巢在哪里？他们不可能总是在天上飞啊飞，他们需要稳定的家园。整个社会和他们自己都要努力，在祖国的大地上，筑起千千万万温暖的鸟巢，让他们振翅高飞之后有呢喃的家。

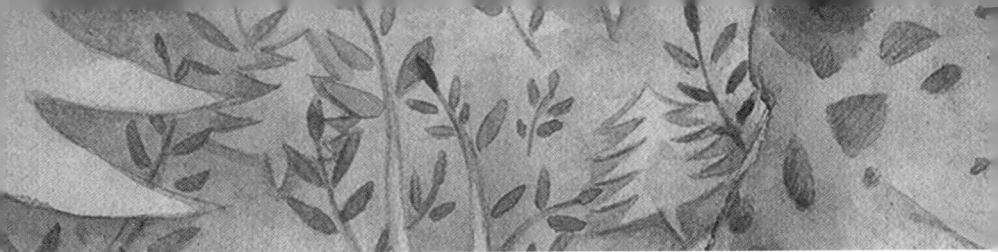

跋 · 别给人生留遗憾

年轻的朋友们，谢谢给了我这样一个机会，和大家谈谈我的青年时代，谈谈我这一个人生有没有遗憾。关于"遗憾"，我查过字典，字典里有各式各样的解释，我最喜欢的一个解释就是——能够去满足的心愿，可是我们没有去完成，深感惋惜。我想跟大家说的第一件事，就是在我年轻的时候，真是有一件万分遗憾的事情，那件事情如果发生了，我今天根本就不可能站在这里和大家做这样的一番分享。

1969 年的时候，我不到十七岁，就穿上军装从北京出发到达新疆，我们坐上了大卡车，（经过）六天的奔波，翻越天山，到达了南疆的喀什。我的战友们基本留在了喀什，我们五个女兵又继续坐上大卡车向藏北出发了。这一次，这个世界在我的面前，已经不是平坦的了，它好像完全变成了一个竖起来的世界。每一天的海拔，从三千米到四千米，从四千米到五千米，直到最后，翻越了六千米的界山达坂，

它是新疆和西藏分界的一个山脉，进入了西藏阿里，我恍惚觉得这已经不再是地球了，它荒凉的程度，让我觉得这是不是火星或者是月亮的背面。

我记得1971年的时候，我们要去野营拉练，时间正好是寒冬腊月。我们要背着行李包，要背着红十字箱，要背上手枪，要背上手榴弹，还有几天的干粮，一共是六十斤重。高原之上，寒冬腊月，滴水成冰，当时的温度已经是零下四十度。有一天我们早上三点钟，就吹起了起床号，说我们今天要翻越无人区。无人区一共有一百二十里的路，中间不可以有任何停留，要一鼓作气地走过去，因为那里条件特别恶劣，而且没有水。

走啊走啊走啊走啊，走到下午两三点的时候吧，我觉得那个十字背包带，全部嵌入到我的锁骨里面去了，一句话都说不出来，我觉得喉头不断地在发咸发苦，我想我要吐一口肯定是血。我想这样的苦难何时才能结束呢，我想我年轻的生命，为什么我所有的神经末梢，都用来忍受这种非人的痛苦。我当时就做了一个决定，今天此刻我一定

要自杀，不活了，面对的这种苦难无法忍受。这样决定了以后，我就开始打算什么时间坠崖而亡，就不断地在找，不断地在找合适的时机。终于我找到了一个特别适合的地方，往上看就是峭壁高耸，往下看深不见底的悬崖，我想我只要松下手掉下去，我一定会死。但是在最后一刹那，我突然发现我后面的那个战友，他离得我太近了，我如果下去的话，一定会把他也带到悬崖之下。我在想我已经决定要死，可是我不应该拖累了别人，队伍在行进中，这样的好时机也是稍纵即逝，之后地势又变得比较平坦，我再想找这么一个地方，就不容易了。

这样走着走着天黑了，我们走到了目的地。一百二十里路就这样走过去了，背负着那六十斤的负重，也一两都不少地被我背到了目的地。我站在那个雪原之上，把自己的全身都摸了一遍，每一个指关节，自己的膝盖，包括我的双脚，我确信在经历了这样的苦难之后，我的身体上连一根头发都没有少。那一天给了我一个特别深刻的教育，那就是当我们常常以为自己顶不住的时候，并不是最后的时刻，而是我们的精神崩溃了。那你只要坚持精神的重整，坚持精神的出发，哪怕是万劫不复的情景，也依然可以去找到它的出口，也依然可以坚持过来。

我知道年轻的朋友们，在我们的生活当中，会有各式各样的苦难。有的时候有的家长跟我说：您能告诉我一个方法吗，让我的孩子少受苦难？我说我能告诉你的唯一可以确定的事情是，你的孩子必然遭受苦难。而且我们年轻的时候，我们的神经是那么敏感，我们的记忆是那么清晰，我们的感情是那么充沛，我们每一道伤都会流出热血。所以尽管有很多人告诉你们，年轻是一个人最美好的时代，我也想告诉你，年轻是我们痛苦的时候，我们会留下很多很多的遗憾。那么最大的遗憾，就是断然结束自己的生命，我想这是对生命的大不敬。而且以我个人的经历来讲，那一天我没有结束自己的生命，我坚持下来了，我才发现，原来那最不可战胜的，并不是我们的遭遇，而是我们内心是否坚强。

　　日本有一位医生，他的工作就是专门去照顾那些临终的病人。他和大约一千名临终的病人谈过以后，总结出了二十五条人生的遗憾，其中包括没有吃到美食，没有回过自己的故乡，自己的孩子没有结婚，等等。

　　我和这位医生也深有同感，因为我曾经去过临终关怀医院，也陪

伴着那些临终的人，走向他们生命的最后时刻，也跟他们有过很多倾心的交谈。我曾经到一间临终的病房，那是一位八十岁的老人，连他的儿女们都不再陪伴在他的身边了。他的儿女们都在外面，说他们不忍心看到那最后一刻，我说那我愿意进去陪伴他。我走进那个房间，深深地吸了一口气，我觉得在这个空气里有很多很多临终病人最后吐出的气息。然后我躺在那位老人的身边，摸着他的手，然后那个老人轻轻地跟我说了一句话，他说我觉得我这一辈子，怎么好像没活过啊。

我今天把这个故事和年轻的朋友们来分享，是想说，我们每一个人的生命都是一张单程的火车票，我们每一个人都没有拿到往返的那张票。所以生命从我们出生那天开始，它就像箭一样地射向远方，我们能够在自己手里，把持住的就是我们此时此刻，这无比宝贵的生命。

我特别想说，我希望我们的理想服从于我们的价值观。在我们的心里，能够燃烧起熊熊火焰，并且给我们的一生以指引和动力的，是我们对于自己认为最美好的那些价值的追求。

举个我个人的小例子。2008 年的时候，我终于用我的稿费，买了一张船票开始环球旅行。走啊走啊，走了没多远，才走到南中国海，

就知道我们的汶川地震。船上有一千多个外国客人，只有我们六个中国人，可是我说，我们一定要为中国发起一场募捐。后来我们的团队里有人就说，那些外国人要是不给咱们捐钱，我们多么丢脸呐。我说可是我们中国人，要不为自个儿的祖国做点什么，那才是丢脸呢。我们说我们一定捐美元和欧元，这样的话，会让我们捐款数字变大，如果我们都捐人民币，人家会觉得是我们自己捐的，我们捐美元和欧元。但是当所有的钱都揽到一起的时候，船长对我说，里面有两千元人民币。

我们只有六个人的，这很容易查呀，吃饭的时候，我们就互相问：谁捐的人民币？我们不是说了要捐美元和欧元吗？最后我们六个人说，我们都没有捐人民币。后来我就问船长，这船上除我们以外还有中国人吗？船长说在深不见底的底舱有，不过他们永远不能到甲板上来的，那些工人里有你们中国人。我回到北京就把这个钱捐了，捐了以后，北川中学知道我回国了就打来电话，说希望让我到北川中学，去当一次语文老师，因为我有一篇小散文，叫作《提醒幸福》，是收在全国统编教材的初中二年级的课本里。

我不怕地震，可是我有点怕，我写的这篇文章的题目，它叫《提醒幸福》。那样的大震之后，他们的老师有伤亡，他们的同学有很多很多再也不能回到教室里，我要去跟他们讲"提醒幸福"。我觉得在这种困难的情况下，幸福在哪里？但是那一次北川中学之行，给予了我巨大的教育。因为北川中学初中二年级，所有的同学们会聚在一起，他们告诉我说，他们是世界上最幸福的人。我说你们说自己是最幸福的人，你们能告诉我你们幸福在哪里，后来他们告诉我说：那么多人死了，我们还活着，这就是幸福。

　　还有，他们说我们可以看到全中国所有省份的汽车，我们就觉得全国人民在帮助我们，大震才过去了十几天，我们今天就可以恢复读书了，难道我们还不是世界上最幸福的人吗！我听了以后真的热泪盈眶，我才知道在生死面前，最宝贵的东西是什么，我们重新享有我们生命的时候，一定要把自己价值观中那些最重要的东西放在前面。

　　我准备出发到非洲去，我真的觉得那是我的一个愿望，如果我不抓紧去实现它的话，我会越来越老，身体也会慢慢地有更多的问题，眼睛不再那样明亮，思维不再那么敏捷。对于那样灿烂的文化和悠远

的历史，我理解起来，回忆起来，可能就会有困难。然后还要翻山越岭，万一自己跑不动被狮子追上了，是不是也有点危险。

所以如果你有愿望，如果你真的还有力量去实现它，我觉得我一定要即刻就出发，去完成自己的愿望，让自己更少地遗憾。人生是一个漫长的过程，年轻是多么美好，但是请你们记得，记得有很多的东西，当你不懂的时候，你年轻，当你懂得了以后，你已年老。

那么让我们的理想不要变成化石，让我们现在就行动起来，去实践我们的理想，让我们的人生少些遗憾。

毕淑敏

2016.8.20 北京.

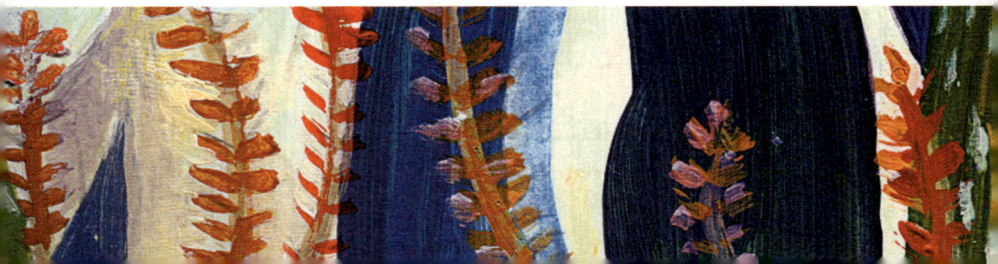

（京）新登字 083 号

图书在版编目（CIP）数据

别给人生留遗憾 / 毕淑敏著 .—北京：中国青年出版社，2016.10
（青春读书课）
ISBN 978-7-5153-4445-4

I. ①别… II. ①毕… III. ①散文集－中国－当代 IV. ① I267

中国版本图书馆 CIP 数据核字〔2016〕第 201310 号

别给人生留遗憾

毕淑敏 著

策　　划：李钊平
责任编辑：彭慧芝　刘　莹
内文插图：吉　儿
装帧设计：今亮后声 HOPESOUND
　　　　　pankouyugu@163.com
出版发行：中国青年出版社
社　　址：北京东四十二条 21 号
网　　址：www.cyp.com.cn
编辑中心：010-57350371
营销中心：010-57350370
印　　装：鸿博昊天科技有限公司
经　　销：新华书店
规　　格：880 mm×1230 mm　1/32
印　　张：9
字　　数：200 千
版　　次：2016 年 10 月北京第 1 版
印　　次：2016 年 10 月北京第 1 次印刷
印　　数：1-20000 册
定　　价：32.00 元

如有印装质量问题，请凭购书发票与质检部联系调换　联系电话：010-57350337

Bi Shumin 毕 淑敏

毕淑敏写给男生女生的心灵成长励志经典

青春读书课

陪你人生走一程

文学界的白衣天使、著名作家、心理医师
作品入选全国中高考语文试卷最多的作家之一

定价：32.00元（单册）　352.00元（套装）

Bi Shumin 毕淑敏

讀書人
Reader

美好人生，从最美的青春读书课开始